SPÉCIALITÉ **TERMINALE**

STUDYBAC

HUMANITÉS, LITTÉRATURE ET PHILOSOPHIE

AUTEURS

Rachel Allaoui est agrégée de lettres modernes. Après des études à Grenoble, elle enseigne le français et le théâtre en lycée.

Fatma Hamoudi est agrégée de philosophie. Après des études à l'ENS Lyon, elle a été professeure en lycée, et enseigne désormais à l'École de santé des armées, Lyon/Bron.

Studyrama

STUDYBAC

Des cahiers innovants pour apprendre en s'amusant !

Conformes aux programmes du nouveau Bac, ces cahiers ont été conçus par des professeurs sensibles à une méthode d'apprentissage issue de la pédagogie positive.

Ils comprennent l'essentiel à connaître, et proposent de nombreux jeux et exercices, ainsi que des cartes mentales ou des synthèses visuelles propices à la stimulation, la motivation et la concentration.

À vous de jouer !

Tronc commun

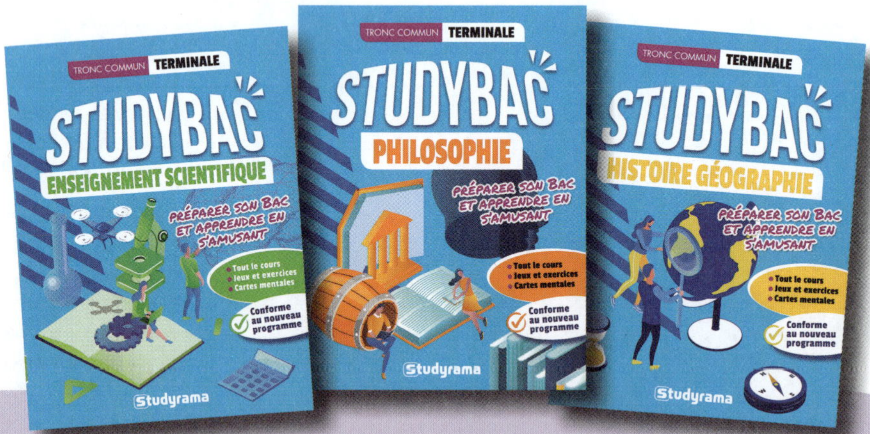

Spécialités

- Sciences économiques et sociales, Terminale
- Histoire-géographie, géopolitique et sciences politiques, Terminale
- Physique-chimie, Terminale
- Mathématiques, Terminale
- Sciences de la vie et de la Terre, Terminale
- Humanités, littérature et philosophie, Terminale

SPÉCIALITÉ **TERMINALE**

STUDYBAC

HUMANITÉS, LITTÉRATURE ET PHILOSOPHIE

PRÉPARER SON BAC ET APPRENDRE EN S'AMUSANT

- Tout le cours
- Jeux et exercices
- Cartes mentales

Conforme au nouveau programme

Studyrama

Sommaire

À FAIRE

Objectifs du jour Date : ....

1

☐ Fait

2

☐ Fait

3

☐ Fait

NOTES

Objectifs du jour Date : ....

1

☐ Fait

2

☐ Fait

3

☐ Fait

NOTES

Objectifs du jour Date : ....

1

☐ Fait

2

☐ Fait

3

☐ Fait

NOTES

Objectifs du jour Date : ....

1

☐ Fait

2

☐ Fait

3

☐ Fait

NOTES

À FAIRE

Objectifs du jour Date : ....

1 ☐ Fait
2 ☐ Fait
3 ☐ Fait

NOTES

Objectifs du jour Date : ....

1 ☐ Fait
2 ☐ Fait
3 ☐ Fait

NOTES

Objectifs du jour Date : ....

1 ☐ Fait
2 ☐ Fait
3 ☐ Fait

NOTES

Objectifs du jour Date : ....

1 ☐ Fait
2 ☐ Fait
3 ☐ Fait

NOTES

Auditive, kinesthésique ou visuelle : quel est votre type de mémoire ?

Pour bien vous connaître, voici un petit test à réaliser pour comprendre comment fonctionne votre mémoire.

Pour vous concentrer, vous avez tendance à :

- fermer les yeux .... ■
- mâchouiller votre stylo .... ▲
- vous boucher les oreilles .... ●

Pour réviser, vous avez besoin de :

- réécrire l'essentiel sur des fiches .... ▲
- réciter votre cours à haute voix .... ●
- relire vos notes encore et encore .... ■

Quand vous travaillez, vous êtes :

- si concentré(e) que vous en oubliez le monde qui vous entoure .... ●
- obligé(e) d'être dans un endroit familier .... ▲
- facilement déconcentré(e) par ce qui se passe autour .... ■

En cours, vous êtes plutôt du genre à :

- regarder le tableau ou la fenêtre .... ■
- écouter le professeur ou vos camarades .... ●
- vous balancer sur votre chaise .... ▲

Pour apprendre vos cours, vous préférez :

- les réciter à haute voix en marchant .... ▲
- lire vos fiches et des ouvrages .... ■
- écouter votre professeur en classe en étant très concentré(e) .... ●

CALCULEZ VOTRE RÉSULTAT !

Vous avez + de ▲

votre mémoire est surtout kinesthésique

Conseil : faites et refaites les exercices de ce cahier. Les rappels de cours et les synthèses graphiques vous aideront à les réussir haut la main. Vous aimez le concret et les expériences. Vous vous rappelez plus facilement ce que vous avez vécu. Vous êtes sensible aux émotions et aux sensations, et avez besoin de vivre les choses. Votre stylo au capuchon mâchouillé, votre crayon de toujours et votre gomme seront vos meilleurs compagnons de bataille !

Vous avez + de ■

votre mémoire est surtout visuelle

Conseil : concentrez-vous sur les cartes mentales et autres synthèses graphiques, mais n'en oubliez pas le reste pour autant. Ce cahier richement illustré vous sera d'une grande aide.
Vous aimez les couleurs et les schémas. Vous mémorisez plus facilement ce que vous avez vu. Vous êtes à l'aise avec les détails, mais il vous faut associer les idées à des images. Votre crayon quatre couleurs et vos surligneurs seront vos armes les plus efficaces !

Vous avez + de ●

votre mémoire est surtout auditive

Conseil : récitez l'essentiel du cours et faites un maximum de choses à voix haute, y compris les exercices. Ceux incluant une vidéo seront particulièrement adaptés pour vous. Vous aimez les sons et le bruit. Vous retenez plus facilement ce que vous avez entendu. Vous mémorisez surtout les idées principales, il vous faut ainsi les trier et les écouter pour qu'elles restent gravées en vous. Votre voix, un enregistreur vocal et vos écouteurs seront vos plus précieux alliés !

La recherche de soi

Éducation, transmission, émancipation

Pourquoi éduquer ?

Pour développer les facultés humaines

S'il faut **éduquer** l'homme, c'est parce qu'il ne possède pas une nature fixe. Chez l'homme tout n'est pas régi par l'instinct ou l'inné. Livré à lui-même, l'enfant mourrait. Pour se construire, devenir un être humain accompli, l'enfant doit donc être éduqué. Rousseau distingue d'ailleurs l'homme de l'animal par la perfectibilité, capacité qui permet d'acquérir ce que la nature ne lui donne pas immédiatement. C'est grâce à l'éducation que l'enfant développe ses facultés et apprend à vivre de façon civilisée. Selon Durkheim, « c'est par l'éducation que se fait la transmission » car les aptitudes à la vie sociale ne sont pas transmises de façon héréditaire, mais *via* des règles véhiculées par la famille ainsi que par la société. Toutefois, l'éducation ne doit pas seulement être pensée à une échelle individuelle. Dans le siècle des Lumières marqué par l'idéologie du progrès, Kant envisage l'éducation comme « un art dont la pratique a besoin d'être perfectionnée par plusieurs générations ». C'est à l'échelle de l'espèce qu'il faut concevoir le développement progressif des dispositions humaines.

Pour s'émanciper

Avec le siècle des Lumières, l'éducation, qui était pendant longtemps sous l'autorité de l'Église, se trouve déliée de la tutelle religieuse. L'objectif n'est plus de transformer les enfants en bons chrétiens, mais de développer leur jugement critique. Telle est la finalité de l'*Encyclopédie* (1751-1772) de Diderot et d'Alembert. En mettant l'ensemble des connaissances à la disposition de tous, les individus pourront s'élever intellectuellement et s'émanciper du poids de la religion. Cette **autonomie** dans le jugement constitue, pour Kant, l'une des finalités de l'éducation.

Si l'éducation se pense surtout au masculin au XVIIIe siècle, quelques voix s'élèvent pour jeter les bases d'une nouvelle éducation pour les femmes. Parmi elles, Mme de Genlis, femme de lettres, mais surtout pédagogue. S'inspirant de Rousseau, elle choisit de stimuler l'éducation naturelle à travers l'expérience pratique. Cependant, contrairement au philosophe, elle ne destine pas les femmes à un rôle d'ornement : remettant en cause l'éducation des couvents, qui rend les jeunes filles inadaptées à la vie réelle, elle prône une solide éducation intellectuelle et physique, associée à des bases en droit et en économie pour qu'elles puissent gérer leurs revenus. Au XIXe siècle, George Sand poursuit cette réflexion sur l'éducation des femmes. Elle poussera ces dernières à intégrer toutes les disciplines réservées aux garçons, inaugurant une vision non genrée de l'école. Elle revendique une éducation tournée vers la liberté et apportant, grâce aux lectures notamment, une dimension philosophique et politique à la formation de la femme.

Pour former le citoyen

Le développement de l'individualisme allié à une vision progressiste de l'histoire a conduit les Lumières puis de nombreux penseurs révolutionnaires à attribuer une finalité politique à l'éducation. Dans les *Cinq mémoires sur l'instruction publique* (1791), Condorcet fait de l'éducation des citoyens et des citoyennes l'un des remparts contre la tyrannie. Pour que les individus soient égaux en fait, il faut donner à tout un chacun la connaissance des savoirs élémentaires et des droits civiques. Distinguant l'instruction publique de l'éducation nationale, Condorcet plaide en faveur de la première. Le but de l'éducation nationale est de donner à tous le même esprit patriotique ; l'instruction, quant à elle, donne accès à des informations objectives : c'est grâce à elle que les individus deviendront des citoyens éclairés capables de choisir le meilleur système de législation. Condorcet théorise ainsi la future école républicaine que Jules Ferry consacrera avec des lois rendant l'école gratuite (1881), l'instruction obligatoire et l'enseignement public et laïc (1882).

Au XIXe siècle, le roman se fait l'écho de ces préoccupations sociales, que ce soit chez Dickens, Stendhal, Hugo, ou chez Flaubert avec ironie… Naît toute une série de très jeunes héros dont le parcours permet aux auteurs d'exprimer des revendications humanistes et sociales. Contre une éducation humiliante, brutale, contre le travail des enfants, ces écrivains opposent une éducation respectueuse des élans et de la sensibilité personnelle, proche de la nature, et qui élèverait le peuple.

Vocabulaire

Éduquer : vient de *ex ducere* qui signifie « conduire hors de lui-même ». Il s'agit de sortir l'enfant de son état initial pour lui permettre de devenir adulte. Ce terme est porteur aujourd'hui d'une connotation méliorative par rapport à « élever », impliquant souvent l'idée d'une éducation raffinée.

Autonomie : capacité à se donner à soi-même (*autos* en grec) sa propre loi (*nomos*). Elle est donc liberté car l'individu s'impose lui-même ses obligations au moyen de sa raison. L'autonomie se distingue de l'hétéronomie, qui se définit par le fait de recevoir ses règles de quelqu'un d'autre.

Éducation, transmission, émancipation

Comment éduquer ?

« Aimez l'enfance ; favorisez ses jeux, ses plaisirs… »

« On ne connaît point l'enfance » écrit Rousseau dans *Émile ou De l'éducation* (1762). Considérer l'enfant en tant que tel, s'intéresser à ses manières propres d'agir et de penser, telles sont les bases du projet pédagogique de Rousseau. La **pédagogie** doit varier selon les âges. Les premières années consacrées au développement interne de nos facultés et de nos organes relèvent de l'éducation de la nature. En plus de la nature, deux autres maîtres président à notre éducation : les hommes, qui nous apprennent quel usage faire du développement de nos sens, et les choses, qui forment notre jugement grâce aux expériences.

La prise en charge de l'éducation par le gouverneur et non par la famille permet d'éviter que la bonté naturelle de l'enfant ne subisse l'influence néfaste de la société. L'éducation « négative » prônée par Rousseau est à opposer à une éducation positive, livresque, qui consisterait à vouloir inculquer des connaissances, comme c'était le cas chez les humanistes mais aussi chez les philosophes des Lumières. Avoir trop de connaissances éloignent l'homme de sa nature profonde et risquent de faire de lui un pédant coupé du monde. C'est grâce à l'expérience et non par des leçons abstraites que l'enfant acquiert différentes notions et compétences. L'éducation est dite négative, car il s'agit d'intervenir le moins possible auprès de l'enfant et de le rendre actif et responsable dans ses apprentissages. L'objectif est qu'à la fin, il n'ait, comme Émile, plus d'autre guide que lui-même.

Aller à l'école pour s'éduquer ?

Dans le processus éducatif, l'école joue un rôle primordial. Lieu d'apprentissage de connaissances et de valeurs communes, elle est un espace où l'enfant doit accepter un certain nombre de contraintes. Selon Kant, l'école habitue les enfants « à demeurer tranquillement assis » car, sans discipline, il ne peut y avoir d'instruction.

Parallèlement, la figure du maître d'école devient un type romanesque. À la fois détenteur de savoir et subalterne, il ambitionne de s'élever socialement mais reste repoussé par la bourgeoisie ou par l'aristocratie, comme Julien Sorel dans *Le Rouge et le Noir* de Stendhal. Glorifié, le précepteur incarne l'idéal du pédagogue capable d'épanouir son **élève**, qu'il guide et libère. Ainsi, Péguy célébrera en 1913, dans *L'Argent*, « les hussards noirs de la République ». Cependant, le plus souvent, les romans en proposent une image négative, plus réaliste : celle de maîtres pédants, incapables, ou castrateurs officiant dans une école-prison qui ne sait que surveiller et punir, comme dans *L'Enfant* de Jules Vallès.

C'est à ces pratiques rigides que s'opposent les mouvements d'éducation nouvelle, inspirés de Rousseau, comme l'école ouverte en 1896 par John Dewey, à Chicago, qui prône le « *learning by doing* ». L'apprentissage des connaissances n'y est pas théorique et directif, il est articulé à des projets concrets. La dénonciation de l'école traditionnelle se poursuivra au XXe siècle, forte du savoir sur la psychologie de l'enfant. Les écoles Montessori en sont un exemple, soucieuses de l'éveil des facultés cognitives et sensitives. Mais ces écoles alternatives sont parfois critiquées car trop permissives.

Les autres espaces d'éducation

Si former un être c'est le transformer par la connaissance et l'éveil, l'école n'est pas le seul espace d'éducation. La famille est le premier lieu où les valeurs sont transmises : éducation primordiale puisqu'elle façonne nos goûts, nos manières d'être. C'est ce que la sociologie mettra en lumière au XXe siècle. Hugo fait d'ailleurs la distinction entre l'éducation, donnée par la famille, et l'instruction, qui relève de l'État et se fait à l'école.

De plus, la société, et le monde en général, ont aussi un rôle de transmission important : dès le XVIIIe siècle, le genre autobiographique et celui du « roman d'apprentissage », en plein essor, le soulignent. *Les Années d'apprentissage de Wilhelm Meister*, écrit par Goethe en 1795, dépeint l'initiation d'un jeune bourgeois parti avec une troupe d'acteurs à la rencontre du monde. Retranscrivant un parcours personnel et les leçons qu'on en tire, ces initiations sont conçues comme une épopée de la vie, sur le modèle de l'apprenti chevalier qui devient un héros, mais une épopée bourgeoise et individualiste cette fois. C'est par ses lectures, l'opéra et son aventure amoureuse que l'enfant de Vallès se construira. Contre l'éducation rigide et uniformisée de l'école, cette littérature montre que ce sont les rencontres, les adversités, les lectures, les voyages, qui éveillent l'âme. Comme dans *Les Nourritures terrestres* (1897) où Gide élabore pour son héros un voyage sensible pour le « désinstruire » de ce que l'école lui a inculqué afin de le former humainement.

Vocabulaire

Pédagogie : ensemble des méthodes et des pratiques d'enseignement pour transmettre un savoir, un savoir-faire, un type de comportement. Science permettant de déterminer la meilleure manière d'enseigner aux enfants.

Élève : dérivé du verbe « élever » qui signifie « porter plus haut ». À partir de 1590, ce terme renvoie à l'enfant qui reçoit un enseignement dans un établissement scolaire.

Éducation, transmission, émancipation

L'éducation est-elle réellement émancipatrice ?

« On ne naît pas femme, on le devient »

L'éducation permet-elle réellement d'accéder à une forme d'**émancipation** ? Cette question est surtout pertinente concernant l'éducation des filles. Si elle est nécessaire pour certains penseurs du XVIIIe siècle, d'autres, comme Rousseau, affirment que « la femme est faite spécialement pour plaire à l'homme » : il faut l'éduquer pour en faire une épouse vertueuse.

Ainsi l'éducation véhiculée par la famille et la société peut enfermer chacun des sexes dans des comportements particuliers, comme l'explique Simone de Beauvoir, grande figure du féminisme du XXe siècle. L'inégalité entre les sexes se perpétue par l'éducation. Dès l'enfance, les fillettes sont incitées à se conformer à des représentations stéréotypées que Beauvoir nomme des mythes. L'éducation métamorphose l'être humain qu'est la petite fille en femme qu'elle doit être. Cette féminité est fabriquée, de même que la hiérarchie entre les sexes : on conditionne la petite fille à ses futurs rôles d'épouse et de mère et le petit garçon au rôle d'être protecteur devant taire ses émotions. Dans les *Mémoires d'une jeune fille rangée* (1958), Simone de Beauvoir décrit son éducation et sa révolte contre la vie toute tracée que sa mère lui propose : une éducation catholique et un mariage arrangé avec un jeune bourgeois.

Peut-on éduquer sans formater ?

Dans la mesure où l'éducation façonne l'individu, comment éviter une dérive conformiste ?

Au XIXe siècle, Tocqueville, favorable à la démocratisation scolaire, pointe l'un des dangers potentiels des sociétés démocratiques : celui qui consiste à conférer la responsabilité exclusive de l'éducation à l'État et à en faire « une affaire nationale ». L'État excède ses prérogatives quand il retire les enfants à leurs parents et prend en charge

cette fonction au détriment de la diversité et de la liberté. Au XXe siècle, la sociologie a montré que l'école reproduit et même aggrave les inégalités en privilégiant la culture de la classe dominante. Mais ce sont aussi les parents et la société qui peuvent conduire à l'asphyxie de notre personnalité en voulant nous conformer à leurs valeurs et à leurs stéréotypes sociaux, ce que dénoncent Annie Ernaux ou Édouard Louis dans leurs romans autobiographiques.

Ainsi toute éducation n'est pas émancipatrice. Pour Nietzsche, il existe deux types d'éducation. L'une est assimilable à un dressage et conduit à une uniformisation des individus afin qu'ils soient adaptés aux besoins de la société. L'autre permet de développer la singularité de chacun en devenant lui-même.

Comment stimuler la créativité ?

Aujourd'hui encore, la question de l'éducation est régulièrement débattue. L'idéal promu n'est-il pas mis en échec par ses applications ? Quelle pédagogie déployer pour encourager la créativité ? Paradoxalement, on constate que la volonté d'innover peut se traduire par le recours au passé, en faisant notamment de l'apprentissage des humanités un élément essentiel. Dans les années 1960, Arendt lie la crise de l'éducation à une crise de l'autorité et de la tradition. Elle critique une dérive pédagogiste plaçant l'enfant au centre et privilégiant l'approche ludique au détriment d'un apport des connaissances par le professeur. C'est par la transmission d'un passé commun que l'on peut construire un avenir en tant que tel, laisser une œuvre au monde. Cette transmission se trouve facilitée aujourd'hui par la révolution numérique. Ainsi l'émancipation de l'individu et la stimulation de sa créativité ne consistent pas à faire table rase du passé.

Vocabulaire

Émancipation : action qui consiste à s'affranchir d'un état de domination ou de dépendance. Cela traduit un désir de gagner en autonomie.

Exercices

01 Les conceptions de l'éducation

A) **Reliez les propositions éducatives suivantes aux auteurs cités. Attention, certaines recommandations peuvent être attribuées à plusieurs auteurs.**

a

Rousseau

b

Kant

c

Dewey

d

Condorcet

e

Arendt

1. Il faut accorder une place importante aux activités manuelles pour apprendre.
2. Il faut tourner l'éducation des filles vers des travaux pratiques comme la couture ou la cuisine.
3. L'enfant doit respecter des règles de discipline strictes et se soumettre à l'autorité.
4. Grâce à l'éducation, on peut s'élever socialement.
5. La lecture des auteurs anciens est essentielle.
6. On doit offrir la même éducation aux filles et aux garçons.
7. Il faut que les paysans aussi sachent lire Homère.
8. Voyager pour oublier tout ce que l'on a appris, et s'instruire réellement.
9. Remplaçons les châtiments par l'enseignement et les prisons par l'école.
10. Il faut une éducation à la citoyenneté.

f

Beauvoir

g

Sand

h

Hugo

i

Gide

j

Genlis

B) **Au cours de l'Histoire, les innovations, les événements majeurs ont pu avoir un impact sur les conceptions de l'éducation et sur sa finalité. Associez chacune de ces innovations clés à une fonction de l'éducation (plusieurs réponses sont possibles).**

1 – Invention de l'horloge

2 – Industrialisation, essor de la presse et du livre

3 – Publication de l'*Encyclopédie* de Diderot et d'Alembert

4 – Premiers pas de l'homme sur la Lune

a – Favoriser une pensée hors des sentiers battus pour innover et penser l'impensé.

b – Former tous les citoyens pour eux-mêmes afin d'assurer un État harmonieux.

c – Constituer l'éducation sous forme de programme et d'emploi du temps.

d – Gagner en autonomie de jugement.

C) Le photographe Julian Germain s'est intéressé au lieu dans lequel vous passez une partie de la journée : la salle de classe. **Associez à chaque photo au moins trois caractéristiques parmi la liste suivante :**

a) discipline • **b)** interaction/entraide • **c)** uniformité • **d)** jeux • **e)** liberté • **f)** individualisme • **g)** théorie • **h)** exercice pratique • **i)** non-mixité

1

Japon, terminales, cours de japonais.

2

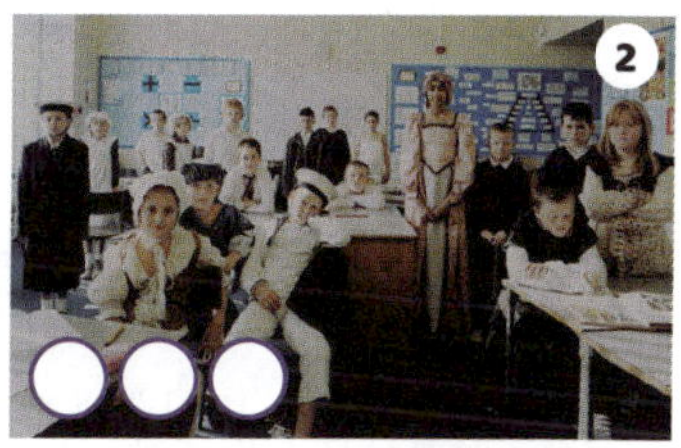

Angleterre, CM2, cours d'histoire.

3

Nigeria, premières, cours de sciences sociales.

4

État-Unis, terminales, cours de sciences.

5

Taïwan, CM2, sieste.

Exercices

02 Avez-vous bien compris la pédagogie de Rousseau ?

A) **Après avoir lu cet extrait, répondez aux questions suivantes :**

Les fèves sont-elles à Émile ?
(d'après *Émile ou De l'éducation*, livre II)
Ayant vu d'autres personnes cultiver des légumes, Émile demande un jour à son gouverneur s'il peut jardiner lui aussi. Le gouverneur ne s'oppose pas à ce désir et l'aide même dans la réalisation de cette tâche. Chaque jour, Émile vient s'occuper de la parcelle de terrain et il y met toute son énergie. Sa satisfaction grandit au fur et à mesure de l'éclosion des fèves. Pourtant un matin, il découvre avec stupeur que le plan de fèves a été arraché. C'est Robert, le jardinier, qui a fait cela car il avait semé des melons sur ce même terrain que son père avait travaillé avant lui.

1) **À votre avis, pour quelle raison Émile se pense-t-il propriétaire des fèves ?**

2) **Qu'apprend Émile grâce à cette expérience ?**

3) **Quelle autre méthode pédagogique le gouverneur aurait-il pu adopter pour enseigner à Émile la même chose ?**

« Je hais les livres »
(*Émile ou De l'éducation*, livre III)

B) Cette déclaration provocatrice est formulée par un philosophe. Rousseau affirme que, dans l'éducation d'Émile, la lecture interviendra tard. Il n'est pas utile de lui apprendre à lire avant 12 ans. *Robinson Crusoé* est le premier ouvrage qu'il devra lire car c'est là « le plus heureux des traités de l'éducation ».

1) **Pourquoi Rousseau se méfie-t-il d'une éducation par les livres ? Que préfère-t-il ?**

2) **À votre avis, quels sont les enseignements que pourrait tirer Émile de la lecture de *Robinson Crusoé* ?**

03 Éducation et formatage

A) Simone de Beauvoir explique ici en quoi les femmes sont conditionnées à ne pas jouer de rôles sociaux importants.

« Dans les romans d'aventures ce sont les garçons qui font le tour du monde, qui voyagent comme marins sur des bateaux, qui se nourrissent dans la jungle du fruit de l'arbre à pain. Tous les événements importants arrivent par les hommes. La réalité confirme ces romans et ces légendes. Si la fillette lit les journaux, si elle écoute la conversation des grandes personnes, elle constate qu'aujourd'hui comme autrefois les hommes mènent le monde. Les chefs d'État, les généraux, les explorateurs, les musiciens, les peintres qu'elle admire sont des hommes ; ce sont des hommes qui font battre son cœur d'enthousiasme. »

Simone de Beauvoir, *Le Deuxième Sexe*, tome II, Gallimard, 1949.

1) Dans cet extrait, soulignez en rouge les arguments et en bleu les exemples qui permettent à l'écrivaine de soutenir son propos.

2) Quelle est la thèse de Simone de Beauvoir ?

....

....

....

B) Dans ce récit à caractère autobiographique, Annie Ernaux rapporte ses souvenirs d'enfance et retrace la vie de ses parents.

« Devant la famille, les clients, de la gêne, presque de la honte que je ne gagne pas encore ma vie à dix-sept ans, autour de nous toutes les filles de cet âge allaient au bureau, à l'usine ou servaient derrière le comptoir de leurs parents. Il craignait qu'on ne me prenne pour une paresseuse et lui pour un crâneur. Comme une excuse : "On ne l'a jamais poussée, elle avait ça dans elle." Il disait que j'apprenais bien, jamais que je travaillais bien. Travailler, c'était seulement travailler de ses mains. Les études n'avaient pas pour lui de rapport avec la vie ordinaire. Il lavait la salade dans une seule eau, aussi restait-il souvent des limaces. Il a été scandalisé quand, forte des principes de désinfection reçus en troisième, j'ai proposé qu'on la lave dans plusieurs eaux. Une autre fois, sa stupéfaction a été sans bornes, de me voir parler anglais avec un auto-stoppeur qu'un client avait pris dans son camion. Que j'aie appris une langue étrangère en classe, sans aller dans le pays, le laissait incrédule. »

Annie Ernaux, *La Place*, Gallimard, 1983.

1) Quelles sont les deux sources d'éducation décrites ?

....

....

2) Quels différents sens ce texte donne-t-il au mot « travail » ?

....

....

3) Indiquez en quoi les sentiments du père sont liés aux études de sa fille.

....

....

C) Édouard Louis est un auteur de romans autobiographiques. Il s'intéresse dans cet extrait plus particulièrement à la relation qu'il a avec son père et rapporte la conception que chacun se fait de l'école.

« Pour toi, construire un corps masculin, cela voulait dire résister au système scolaire, ne pas te soumettre aux ordres, à l'Ordre, et même affronter l'école et l'autorité qu'elle incarnait. [...] La masculinité – ne pas se comporter comme *une fille*, ne pas être *un pédé* –, ce que ça voulait dire, c'était sortir de l'école le plus vite possible pour prouver sa force aux autres, le plus tôt possible pour montrer son insoumission, et donc, c'est ce que j'en déduis, construire sa masculinité, c'était se priver d'une autre vie, d'un autre futur, d'un autre destin social que les études auraient pu permettre. »

Édouard Louis, *Qui a tué mon père*, Le Seuil, 2018.

1) Pourquoi le père d'Édouard Louis oppose-t-il la masculinité à l'école ?

....

....

2) Quel pouvoir Édouard Louis donne-t-il au contraire aux études ?

....

....

Synthèse | Éducation, transmission, émancipation

Pourquoi éduquer ?

C'est grâce à l'éducation et non pas de manière naturelle que l'individu peut se cultiver et devenir un être civilisé, apte à la vie en société. En développant son jugement, il peut s'émanciper et devenir un citoyen éclairé. C'est là l'ambition des philosophes des Lumières.

Comment éduquer ?

Quand on parle d'éducation, on pense souvent à l'école, où différentes pédagogies peuvent exister. Certaines font de l'expérience et des jeux des moyens privilégiés d'apprentissage, d'autres insistent sur la nécessité d'un enseignement théorique. Mais en dehors de l'école, dans la vie, par les voyages et les rencontres, on peut aussi beaucoup apprendre.

L'éducation est-elle réellement émancipatrice ?

Au lieu de nous libérer, l'éducation peut nous formater. On le voit par exemple avec l'éducation des filles et des garçons qui peut parfois véhiculer des stéréotypes. C'est pour cela que l'éducation est encore et toujours sujet de nombreux débats.

Les expressions de la sensibilité

L'expression individuelle de la sensibilité

La sensibilité définit le sujet

Si le siècle des Lumières est marqué par l'apologie de la raison, certains philosophes, à l'instar de Rousseau, réhabilitent les sentiments et les émotions, de même que les poètes et les penseurs anglais à la même époque. À leur suite, le **romantisme** redéfinit l'homme comme un être sensible dont les passions ne sont pas nécessairement à combattre ou à maîtriser, ainsi que le prônait le classicisme, mais plutôt à libérer, sans discrimination. Laisser sa sensibilité s'exprimer, c'est revenir à soi, s'intéresser à ce qu'il y a de plus intime en nous, ce dont la littérature et les arts rendent compte en mettant en scène des personnages à l'écoute de leurs émotions ou en libérant leurs passions face à autrui.
On distingue ainsi durant la période romantique deux formes de sensibilités : une sensibilité « noire » liée à la mélancolie, au goût du morbide, voire à l'attrait pour le mal : c'est ce qu'éprouve Lorenzaccio, dépeint par Musset ; et, en même temps, une sensibilité « blanche » liée, inversement, à l'empathie, à la beauté, à l'attrait pour la vertu, même si elle est source de souffrance comme chez Stendhal ou Chateaubriand.

La nature : miroir de la sensibilité individuelle ?

L'attention nouvelle portée à la nature est une des sources du romantisme : elle est à la fois ce qui déclenche nos sentiments et un miroir de notre intériorité. Les romantiques rejettent la conception mécanique de la nature portée par le rationalisme du XVIIe siècle, qui ne voyait en elle qu'un espace objectif. Pour Rousseau, c'est dans la nature que l'individu peut retrouver une forme d'authenticité car il peut être attentif aux mouvements de sa conscience. Cette **introspection** passe non par une méditation spirituelle mais plutôt par la rêverie, plus apte à saisir le flux de la conscience. Dans *Les Rêveries du promeneur solitaire,* Rousseau rapporte un séjour sur le lac de

Bienne : attentif à ses perceptions visuelles et auditives, il entre en résonance avec l'harmonie de la nature, qui devient une étendue subjective.

Ce rapport à la nature fonde les descriptions des paysages américains dans *Atala* de Chateaubriand. La nature y est intacte, sa beauté suscite une joie mystique. Elle permet à l'homme de trouver sa juste place dans une union avec elle bien qu'elle le dépasse. Les romantiques n'auront de cesse de lier l'environnement ou les saisons à l'état d'esprit de leur personnage ; c'est ce que l'on a pu appeler le « paysage état d'âme » : paysages brouillés de pénombre ou de brume peignant la mélancolie chez Verlaine, lacs et collines douces chez Stendhal, état amoureux et panorama regardé de haut, géométrique, chez Balzac. Parfois enfin, la nature s'anime, vents et forêts parlent et se transforment en confidents à qui le personnage tourmenté s'adresse comme à un double.

Le sentiment du sublime

Le spectacle de la nature peut conduire à un véritable ébranlement de l'âme. Pour décrire cette expérience esthétique particulière, Burke et Kant ont recours à la notion de sublime. Selon Kant, face à des phénomènes naturels terrifiants, l'individu n'est pas dans la calme contemplation de la beauté, il est ému car traversé par un sentiment ambivalent de répulsion et d'attraction. D'un côté, l'imagination nous fait ressentir le sentiment de notre incapacité à prendre la mesure de ce qui nous dépasse, de l'autre, on éprouve un mouvement d'élévation de l'âme et on prend conscience de notre faculté déterminante, la raison. On se sent alors supérieur par rapport à cette nature qui nous excède.

Cette notion du sublime est introduite en France par Mme de Staël qui la relie au « beau » et au « vrai ». Elle sera aussi théorisée par Hugo, qui la définit par rapport aux esthétiques antiques, shakespearienne et classique, tout en les dépassant pour en faire le centre de sa propre esthétique. Hugo pense le sublime dans un couple qui l'oppose et le lie au grotesque, sorte de sublime inversé, tout en détachant ce monstrueux de toute codification sociale, morale ou esthétique : le laid n'est pas réservé aux basses classes, il n'est pas l'incarnation du mal ni l'antithèse du beau.

Vocabulaire

Romantisme : courant qui apparaît dès la fin du XVIIIe siècle et qui se développe dans toute l'Europe au XIXe siècle. Il marque d'abord ce qui est propre aux romans, puis désigne une évolution littéraire des idées et des sensibilités outre-Manche. Revivifié au XIXe siècle par un emprunt à l'allemand, il désigne la littérature inspirée des œuvres chevaleresques et chrétiennes du Moyen Âge. Enfin, il nomme le mouvement artistique qui s'est développé en France entre 1814 et 1848, en réaction au classicisme et au rationalisme du siècle des Lumières.

Introspection : activité mentale qui consiste à se regarder de l'intérieur. Il s'agit de l'effort de la conscience qui se saisit comme objet afin de délivrer une connaissance de soi.

Les expressions de la sensibilité

Exprimer sa sensibilité à autrui

Les sentiments moraux

Contre toute une tradition morale qui soutient le primat de la raison sur les sentiments, de nombreux philosophes réhabilitent le pouvoir de la sensibilité dans la genèse de la vie morale. C'est particulièrement clair chez Rousseau : alors que la raison est ce « qui engendre l'amour-propre », la **sympathie** naturelle nous permet d'imaginer ce que l'autre ressent. Sans affectivité, sans sensibilité, il ne peut y avoir de vie morale et sociale ni d'**intersubjectivité**.

La sympathie est l'un des sentiments moraux au cœur de la vie sociale. Adam Smith la définit comme un principe inscrit dans la nature humaine permettant de lier les individus les uns aux autres, un mécanisme de communication des affects qui s'autorégule : en société, nous modérons nos transports, sachant qu'ils seront mieux entendus des autres. Autrement dit, autrui aussi se met à la place de ceux... qui se mettent à sa place.

Pour Mme de Staël, la sympathie devient un enjeu tant littéraire que moral : la littérature doit être une expérience sensible qui permet au lecteur de sortir de lui-même pour s'ouvrir aux autres.

L'expression exacerbée des sentiments

On associe souvent au romantisme l'expression des sentiments, notamment amoureux. Stendhal, dans *De l'amour*, invente le concept de cristallisation : projection inconsciente et successive de qualités sur l'être aimé qu'on ne voit plus tel qu'il est réellement. Les romantiques revivifient l'image de « l'âme sœur » issue du mythe de l'**androgyne**. Le thème du double, souvent amoureux, est repris par Musset, ou Goethe dans son roman *Les Affinités électives* : les êtres destinés l'un à l'autre y sont comparés à des gouttes de mercure qui cherchent constamment à fusionner. Violents, les sentiments se vivent souvent avec douleur : celle de ne jamais atteindre son idéal amoureux, social ou politique. Le XIXe siècle, période d'instabilité politique, ne répond pas

aux aspirations de la génération romantique de 1830-1848 : c'est une jeunesse frustrée, dans l'ombre d'un passé glorieux, dépossédée de son avenir par une société rigide qui refuse les transformations. Ce que Musset appelle le « mal du siècle » se retrouve dans le registre élégiaque (qui exprime la douleur) de beaucoup d'œuvres. Douleur d'exister, d'être en marge, incompris. Si beaucoup d'artistes se vivent réellement comme des « poètes maudits », comme les définit Verlaine, cette réalité devient aussi un type littéraire, un mythe romantique. Baudelaire créera la notion de « spleen », une modulation plus moderne, plus positive et plus violente du « mal du siècle ». Mais lyrisme, thèmes romantiques, image du poète maudit vont s'user : défaits du souffle révolutionnaire qui les portait, vulgarisés par la presse et les ouvrages illustrés, ils deviendront des clichés.

Le langage, obstacle à l'expression de la sensibilité ?

Peut-on réellement comprendre ce que l'autre ressent alors que le sentiment qu'il éprouve est singulier ? Peut-on de notre côté exprimer réellement ce que l'on ressent au plus profond de nous sans le dénaturer fondamentalement ? Nous nous efforçons pourtant d'exprimer nos sentiments aux autres par le langage. Rousseau considère même que l'apparition du langage viendrait non pas de la nécessité de communiquer pour satisfaire nos besoins, mais de la nécessité d'exprimer nos passions.
Toutefois, faire entendre sa vie intérieure à autrui est difficile. Pour Bergson, le langage ne décrit que sous une forme générale les sentiments particuliers que l'on éprouve. Il a, de plus, tendance à figer nos flux émotionnels : il y aura toujours un écart entre l'amour que je ressens, sentiment singulier et changeant qui peut se mêler à d'autres, et le mot amour dont je me sers. « Comment exprimer cette foule de sensations fugitives, que j'éprouvais dans mes promenades ? [...] on en jouit, mais on ne peut les peindre », se demande le narrateur dans *René* de Chateaubriand. Si le langage seul peut être déjà un obstacle, l'incommunicabilité est au cœur du romantisme : le sujet, souvent solitaire, supporte l'épreuve de sentiments qui demeurent sans destinataire car loin, absent ou mort.

Vocabulaire

Sympathie : attrait spontané qu'on éprouve pour quelqu'un. Étymologiquement, le terme signifie « souffrir avec ». Ce sentiment renvoie ainsi à la reconnaissance de soi en autrui et le dote d'une valeur morale.

Intersubjectivité : concept développé par Kant, selon lequel les hommes sont des sujets pensants capables de prendre en considération la pensée d'autrui dans leur jugement propre.

Androgyne : être mythique à la fois homme et femme qui, défiant les dieux, fut séparé en deux moitiés qui se cherchent.

Les expressions de la sensibilité

L'art : un moyen d'expression privilégié des sensibilités ?

La sensibilité : source de création

C'est dans le domaine de l'art que la sensibilité peut trouver un terrain privilégié d'expression. Les œuvres d'art ne naissent-elles pas de la sensibilité, du cœur ? Pour le poète Lamartine, ce n'est ni la raison, ni la technique, ni les conventions qui expliqueraient la capacité créatrice : « Je suis le premier [...] qui ai donné à ce qu'on nommait la muse, au lieu d'une lyre à sept cordes de convention, les fibres même du cœur de l'homme, touchées et émues par les innombrables frissons de l'âme et de la nature » écrit-il dans la préface des *Méditations*. Pour les romantiques, cette faculté d'éprouver semble réservée aux êtres d'exception, comme les artistes, d'où la sacralisation du pouvoir créateur : le poète devient « **démiurge** » pour Hugo, « voyant » pour Rimbaud, fait « parler la couleur » pour Baudelaire, qui pratique une « sorcellerie évocatoire » par une libération de ses sens et de sa sensibilité. Le philosophe Nietzsche fera de l'ivresse, du **dionysiaque**, une « condition physiologique » préalable à toute activité créatrice.

Au sujet des émotions, l'esthétique romantique rompt pour deux raisons avec le classicisme : d'une part, les émotions ne sont plus hiérarchisées, car elles ne sont pas forcément soumises à un objectif moral (émouvoir pour éduquer), mais valent plutôt pour elles-mêmes. D'autre part, l'émotion ne découle plus seulement de ce qui est représenté, mais de la forme elle-même. Ce pouvoir esthétique de la forme est affirmé plus tard par Kandinsky : forme et couleurs suscitent en elles-mêmes des « émotions de l'âme ».

L'art, source d'émotion

L'art éveille notre sensibilité, car il permet d'éprouver un plaisir esthétique. Tout d'abord, l'œuvre d'art s'adresse à nos sens, mais on aurait tort de réduire l'art à une simple sensation physique. Rousseau critique le compositeur Rameau qui fait reposer le plaisir musical sur le mouvement des nerfs et la vibration du tympan. Stendhal aussi pense que l'art, en étant une communion sensible, ouvre l'âme. En 1817, il fait l'**expérience** d'une commotion spirituelle et physique face aux chefs-d'œuvre italiens, qu'il relate dans *Rome, Naples et Florence* : « J'étais arrivé à ce point d'émotion où se rencontrent les sensations célestes données par les beaux-arts et les sentiments passionnés. En sortant de Santa Croce, j'avais un battement de cœur, la vie était épuisée chez moi, je marchais avec la crainte de tomber. »

Pour montrer la spécificité du plaisir esthétique, Kant distingue le jugement esthétique du simple jugement d'agrément. Ce dernier désigne un plaisir qui touche uniquement les sens : il est individuel, subjectif et se résume à « ça me plaît, ça ne me plaît pas ». Le jugement esthétique, en revanche, est un plaisir mixte, qui fait intervenir le corps et l'esprit, car lorsque j'affirme qu'une œuvre est belle, je prétends que le sentiment que j'éprouve a une certaine universalité. Ce n'est pas un plaisir solitaire puisqu'il a vocation à être partagé et qu'il ouvre vers l'intersubjectivité, vers un espace de discussion. D'ailleurs Hugo pense l'expérience esthétique comme « puissance civilisatrice » : l'art, en touchant à l'universel, permet de nous élever par le biais de l'admiration et de l'émotion.

Comment la sensibilité à l'art peut-elle nous éveiller au monde ?

En plus d'éveiller nos sens, l'art nous rend sensibles à des émotions que nous n'identifions pas toujours. Pour le philosophe Hegel, « l'art renseigne l'homme sur l'humain, éveille des sentiments endormis, nous met en présence des vrais intérêts de l'esprit ». Parce que, grâce à l'art, notre spectre émotionnel s'étoffe, les artistes sont considérés par Bergson comme des révélateurs. Chaque œuvre nous ouvre les portes d'un autre monde, comme l'affirme Proust pour qui « la seule vie par conséquent réellement vécue, c'est la littérature ».

Il nous arrive pourtant de ne pas être sensibles à une œuvre. Bergson précise que, pour apprécier une œuvre d'art, il faut être réceptif, réunir certaines conditions matérielles afin que la sensibilité ne soit pas parasitée par d'autres préoccupations quotidiennes. Au XXe siècle, les sociologues ont montré que la sensibilité à l'art n'est pas naturelle, mais déterminée notamment par notre condition sociale. Le plaisir esthétique implique une éducation. Tel est l'un des objectifs du musée. Mais l'austérité des musées ne peut-elle pas être un frein à l'émotion ? C'est ce que suggère Merleau-Ponty : lorsque les œuvres sont exposées, elles se retrouvent figées dans une histoire de l'art officielle, ce qui entrave l'expérience sensible.

Vocabulaire

Démiurge : divinité qui donne forme à l'univers.

Dionysiaque : caractérisé par l'inspiration, l'enthousiasme exubérant, et non par l'ordre, la mesure, caractéristiques de l'apollinien. C'est en particulier Nietzsche dans *Naissance de la tragédie* qui définit les polarités de ces deux attirances contraires.

Expérience esthétique : expérience centrée sur la sensation et la perception du beau.

Exercices

01 Vocabulaire

A) Chacune des citations suivantes renvoie à une notion abordée dans les pages précédentes. À vous de relier chaque citation à un élément de cours.

a « L'océan immense soulevé de fureur, la cascade gigantesque d'un fleuve puissant, etc., réduisent notre pouvoir de résister à une petitesse insignifiante en comparaison de la force dont ces phénomènes font preuve. »
Emmanuel Kant, *Critique de la faculté de juger*, 1790.

b « Dans les sentiments comme dans les actions d'Édouard, il n'y a plus aucune mesure. La conscience d'aimer et d'être aimé l'entraîne dans l'infini. »
Johann W. Goethe, *Les Affinités électives*, 1809.

c « Par l'imagination, nous nous plaçons dans [la situation de l'autre], nous nous concevons comme endurant les mêmes tourments, nous entrons pour ainsi dire à l'intérieur de son corps et devenons, dans une certaine mesure, la même personne. »
Adam Smith, *Théorie des sentiments moraux*, 1759.

d « C'est elle qui détournera tout sauvage robuste d'enlever à un faible enfant, ou à un vieillard infirme, sa subsistance acquise avec peine, si lui-même espère pouvoir trouver la sienne ailleurs. »
Jean-Jacques Rousseau, *Discours sur l'origine et les fondements de l'inégalité parmi les hommes*, 1755.

e « Quand le ciel bas et lourd pèse comme un couvercle
Sur l'esprit gémissant en proie aux longs ennuis,
Et que de l'horizon embrassant tout le cercle
Il nous verse un jour noir plus triste que les nuits. »
Charles Baudelaire, *Spleen*, 1857.

f « Alors s'assit sur un monde en ruines une jeunesse soucieuse. Tous ces enfants [...] avaient dans la tête tout un monde ; ils regardaient la terre, le ciel, les rues et les chemins ; tout cela était vide. [...] »
Alfred de Musset, *Confession d'un enfant du siècle*, 1836.

g « Je suis le ténébreux, le veuf, l'inconsolé
Le chevalier d'Aquitaine à la tour abolie
Ma seule étoile est morte et mon luth constellé
Porte le soleil noir de la mélancolie. »
Gérard de Nerval, *El Desdichado*, 1854.

h « La vue d'un tel monument* est comme une musique continuelle et fixée, qui vous attend pour vous faire du bien quand vous vous en approchez. » Mme de Staël, *Corinne ou l'Italie*, 1807.
* La basilique Saint-Pierre à Rome.

1. Sympathie
2. Lyrisme
3. Figure du poète maudit
4. Émotion, esthétique
5. Sublime
6. Paysage, état d'âme
7. Pitié
8. Le mal du siècle

B) Associez chaque extrait de texte à un tableau qui pourrait lui correspondre et précisez la ou les caractéristique(s) romantique(s) qui vous ont permis d'établir cette association.

a
Caspar David Friedrich, *Le Voyageur contemplant une mer de nuages*, 1818.

b
Francesco Hayez, *Le Baiser*, 1859.

c
William Turner, *Coucher de soleil écarlate*, 1830-1840.

A « Elle aimait les grottes perdues dans les bois, les ruines des vieux châteaux, [...] le foyer des bûcherons où elle chantait et racontait les vieilles légendes du pays ! » Gérard de Nerval, *Promenades et souvenirs*, 1854.

B « Ce que j'appelle cristallisation, c'est l'opération de l'esprit, qui tire de tout ce qui se présente la découverte que l'objet aimé a de nouvelles perfections. » Stendhal, *De l'amour*, 1822.

d
Thomas Cole, *Mont Etna vu de Taormina*, 1843.

C « La fille du pays des palmiers vint me trouver au milieu de la nuit. [...] La nuit était délicieuse. Le Génie des airs secouait sa chevelure bleue, embaumée de la senteur des pins [...]. La lune brillait au milieu d'un azur sans tache, et sa lumière gris de perle descendait sur la cime indéterminée des forêts. » François-René de Chateaubriand, *Atala*, 1801.

D « La feuille frémissante,
L'eau qui parle en courant,
La rose languissante,
Qui te cherche en mourant ;
Prends-y garde, ô ma vie absente !
C'est moi qui t'appelle en pleurant. »
Marceline Desbordes-Valmore, *C'est moi*, 1830.

E « Suis-je un Satan ? [...] j'aurais pleuré avec la première fille que j'ai séduite, si elle ne s'était mise à rire. [...] j'avais commencé à dire tout haut que mes vingt années de vertu étaient un masque étouffant. » Alfred de Musset, *Lorenzaccio*, 1834.

e
Johann Heinrich Füssli, *Le Cauchemar*, 1781.

F « [Julien] se trouva debout sur un roc immense et bien sûr d'être séparé de tous les hommes. Cette position physique le fit sourire, elle lui peignait la position qu'il brûlait d'atteindre au moral. L'air pur de ces montagnes élevées communiqua la sérénité et même la joie à son âme. » Stendhal, *Le Rouge et le Noir*, 1830.

G « L'automne me surprit au milieu de ces incertitudes : j'entrai avec ravissement dans les mois des tempêtes. [...] Le jour je m'égarais sur de grandes bruyères terminées par des forêts. Qu'il fallait peu de choses à ma rêverie ! [...] Hélas ! j'étais seul, seul sur la terre ! » François-René de Chateaubriand, *René*, 1802.

g
Caspar David Friedrich, *Lever de lune sur la mer*, 1821.

f
John Constable, *Waymouth Bay*, 1816-1817.

Caractéristiques romantiques

1) Méditation devant la nature • **2)** Thématique de la passion amoureuse • **3)** Sensibilité blanche • **4)** La nature, miroir de la sensibilité • **5)** Goût pour le Moyen Âge, les ruines • **6)** Solitude et mélancolie • **7)** Sensibilité noire

Exercices

02 Romantisme *versus* classicisme

A) D'après vos connaissances, les caractéristiques, genres, thèmes et idéal social définis dans les propositions suivantes sont-ils liés au romantisme ou au classicisme ?

a) Triomphe de la raison

b) Harmonie et symétrie, respect des règles esthétiques

c) Passion et tourment

d) Mélange des genres, libertés formelles

e) Catharsis/honnête homme

f) Affirmation et révolte du moi

Romantisme

Classicisme

B) Pour vérifier votre compréhension, attribuez à chacune de ces œuvres son mouvement, classique ou romantique.

Nicolas Poussin, *Le Jugement de Salomon*, 1649.

Théodore Géricault, *Le Radeau de la Méduse*, 1818-1819.

Romantisme

Classicisme

Frédéric Chopin, *Ballade n°1 en sol mineur*, 1836.

https://www.youtube.com/watch?v=nW5po_Z7YEs

Jean-Baptiste Lully, *Marche pour la cérémonie des Turcs*, 1670.

https://www.youtube.com/watch?v=Sy-yugPw_X8

03 Extérioriser ses émotions

Emma Bovary

A) *Madame Bovary* est un roman réaliste de Gustave Flaubert publié en 1857, après le mouvement romantique. Il y peint le destin tragique d'Emma Bovary rendue inadaptée par son éducation et ses lectures à une société rigide qui ne correspond pas aux idéaux auxquels elle aspirait. Après avoir lu ce texte, et à l'aide des exercices précédents, repérez les clichés liés au romantisme.

> « Il y avait au couvent une vieille fille qui [...] prêtait aux grandes, en cachette, quelque roman qu'elle avait toujours dans les poches de son tablier, et dont la bonne demoiselle elle-même avalait de longs chapitres, dans les intervalles de sa besogne.
> Ce n'étaient qu'amours, amants, amantes, dames persécutées s'évanouissant dans des pavillons solitaires, postillons qu'on tue à tous les relais, chevaux qu'on crève à toutes les pages, forêts sombres, troubles du cœur, serments, sanglots, larmes et baisers, nacelles au clair de lune, rossignols dans les bosquets [...]. Pendant six mois, à quinze ans, Emma se graissa donc les mains à cette poussière des vieux cabinets de lecture. [...] Elle aurait voulu vivre dans quelque vieux manoir, comme ces châtelaines au long corsage, qui, sous le trèfle des ogives, passaient leurs jours, le coude sur la pierre et le menton dans la main, à regarder venir du fond de la campagne un cavalier à plume blanche qui galope sur un cheval noir. [...] »
> **Gustave Flaubert, *Madame Bovary*, 1857.**

Exprimer sa sensibilité

B) Maintenant que vous avez bien assimilé le cours, vous pouvez associer les arguments présentés dans cet exercice à des auteurs. Expliquez en une ou deux phrases votre choix.

Faut-il laisser libre cours à l'expression de sa sensibilité ?

- ○ **a)** En laissant sa sensibilité s'exprimer pleinement, on se libère des règles préétablies et on crée quelque chose d'original.
- ○ **b)** En laissant sa sensibilité s'exprimer, on parvient à faire ressentir aux autres un sentiment que l'on éprouve.
- ○ **c)** En exprimant sa sensibilité, on fait preuve d'empathie.
- ○ **d)** En laissant libre cours à sa sensibilité, on sombre dans la mélancolie, l'angoisse.
- ○ **e)** En laissant libre cours à sa sensibilité, on risque de perdre la maîtrise de soi.
- ○ **f)** En laissant totalement libre cours à sa sensibilité, on ne peut vivre en société.

Le scarabée dans la boîte

C) Pour décrire le rapport de l'individu à son intériorité, à ses émotions et à sa capacité à l'exprimer à autrui, le philosophe Ludwig Wittgenstein a recours à une fiction : celle du scarabée dans la boîte.

> « Supposons que chacun possède une boîte contenant ce que nous appellerons un "scarabée". Personne ne pourrait jamais regarder dans la boîte des autres et chacun dirait qu'il ne sait ce qu'est un scarabée que parce qu'il a regardé le sien. – En ce cas, il se pourrait bien que nous ayons chacun, dans notre boîte, une chose différente. »
> **Ludwig Wittgenstein, *Recherches philosophiques*, § 293, publication posthume, 1953.**

1) Le scarabée et la boîte sont des images. Reliez chacune de ces deux images au concept qui lui correspond.

Scarabée ○	○ La conscience.
Boîte ○	○ Un contenu de conscience comme la douleur.

2) Pourquoi le mot « scarabée » ne dit-il rien du scarabée qui se trouve dans ma boîte ? Peut-on être certain qu'il y a un scarabée dans la boîte de l'autre ?

3) De quelle conception philosophique peut-on rapprocher cette fiction proposée par Wittgenstein ? Justifiez votre réponse.

- ○ **a)** Celle de Rousseau.
- ○ **b)** Celle de Berg
- ○ **c)** Celle de Kant

Synthèse | Les expressions de la sensibilité

L'expression individuelle de la sensibilité

C'est par notre sensibilité que nous nous définissons en tant que sujet, l'attention à notre vie intérieure nous permettant de nous saisir. Ainsi le romantisme et Rousseau avant lui prônent la libération de nos passions quelles qu'elles soient. Ces émotions trouvent un déclencheur ou un miroir dans le paysage qui devient une géographie de l'âme. Alors, face aux forces de la nature qui nous dépassent, nous pouvons être en proie à un sentiment tout à la fois fascinant et inquiétant, le sublime.

L'art : un moyen d'expression privilégié des sensibilités ?

L'art, issu de la sensibilité de l'artiste, peut justement devenir le médium privilégié de la sensibilité et le moyen de nous éveiller au monde car il agit comme un révélateur. Cette expérience sensible ou plaisir esthétique a vocation à être partagée, ce qui ne peut se faire que si l'on est réceptif à l'art, c'est-à-dire éduqué pour le comprendre.

Exprimer sa sensibilité à autrui

Grâce à l'empathie ou à la sympathie, nous pouvons ressentir ce qu'éprouvent les autres, ainsi naîssent la pitié et ce qui nous lie moralement aux autres. Sans cela pas de vie sociale. La période romantique exprime les sentiments de manière exaltée ; amour ou douleur, les effusions sont violentes et relèvent de la passion. Mais le langage semble souvent impuissant à rendre compte des sentiments par définition indicibles.

Les métamorphoses du moi

Le moi à l'épreuve de la société

Individu et société

Réfléchir au **moi**, c'est réfléchir à la question de l'identité. Une des façons d'y répondre consiste à indiquer son origine sociale. Cela revient à penser le sujet comme déterminé par la société ou par le groupe social auquel il appartient, ce dont témoigne Marx au XIXe siècle, ouvrant la voie aux sciences sociales. Adoptant une démarche **holiste** qui affirme la priorité du social sur l'individuel, le sociologue Durkheim soutient qu'il convient d'étudier non pas l'individu seul, mais les faits sociaux. Car les individus qui naissent dans une société se voient imposer un langage, des croyances, des pratiques religieuses, des normes...
Ainsi, l'individu déterminé par son milieu n'est pas totalement maître de sa destinée. En réaction avec le romantisme, les romanciers réalistes et naturalistes du XIXe siècle veulent montrer comment le social modèle les sentiments et cherchent à décrire le plus objectivement possible la société. De là découlent des grandes fresques comme *La Comédie humaine* de Balzac ou *Les Rougon-Macquart* de Zola, dans lesquelles le lecteur suit des personnages pris dans les mailles de leurs familles et de la société. Proust aussi fait du milieu social un agent de métamorphose qui fait parvenir les personnages à un « autre âge social », mais il complexifie le phénomène en montrant que les individus, traversés par ces forces sociales, sont aussi agissants et capables de changer leur « clan ».

Être soi en société ?

Les relations entre l'individu et la société peuvent conduire à des tensions. Le « mal du siècle » éprouvé par une partie de la génération romantique en témoigne. Comment trouver sa place dans une société qui ne semble pas tenir compte des aspirations individuelles ? C'est que toute vie en société implique le renoncement à certains de nos intérêts personnels ou encore, comme l'écrit Freud, à certaines de nos pulsions, ce qui peut conduire à des frustrations.
Pour Bergson, on peut distinguer le moi superficiel, qui renvoie à la partie de notre psychisme modelé par les conventions et la société, et le moi profond. Cette distinction se retrouve à l'âge romantique : alors que dans l'Antiquité l'individu se définissait par rapport à sa place dans le cosmos ou la société, les romantiques valorisent

l'expression de soi qui fait de chacun un être singulier. Au moi social, les romantiques opposent le moi profond, plus authentique. Car, en société, l'homme peut sombrer dans le conformisme. Cette uniformisation des individus se refléte dans la littérature et les arts : utilisation du pluriel englobant la masse des citadins et notamment des ouvriers dans *Les Villes tentaculaires* d'Émile Verhaeren, personnage principal du *Château* de Franz Kafka réduit à une initiale, K. On ne doit cependant pas sous-estimer l'importance d'autrui dans la constitution de soi car l'idée d'un moi naturel vierge de toute influence peut paraître illusoire.

L'individualisme

Aller à la recherche de soi, c'est aussi se soucier de ses intérêts particuliers et faire preuve d'**individualisme**. C'est la philosophie libérale qui dénonce l'ingérence abusive de l'État et qui consacre les libertés individuelles - liberté d'échange, de conscience, d'expression –, qui conduisent l'individu à revendiquer des droits.

Analysant au XIXe siècle le phénomène démocratique naissant en Amérique, Tocqueville fait de l'individualisme un effet de la démocratie. Alors que dans les sociétés aristocratiques l'individu est lié aux autres de façon hiérarchique, les sociétés démocratiques mettent tous les individus à égalité de conditions sans établir de liens forts entre eux. L'individualisme conduit le citoyen à privilégier son cercle privé aux dépens du sort des autres citoyens. Tocqueville qualifie la démocratie de « despotisme » car elle amène les individus à négliger leur liberté politique au profit de la recherche de leurs intérêts. Cette analyse est encore pertinente pour décrire notre société actuelle définie comme ère de l'individu. « L'idéal est désormais de devenir l'entrepreneur de notre propre vie » pour reprendre les termes du sociologue Ehrenberg. Dans une société de la performance, cette injonction peut générer un sentiment d'insuffisance, « une fatigue d'être soi ».

Vocabulaire

Moi : terme normalement utilisé comme pronom personnel pour se désigner soi-même. Il sert aussi à se démarquer. Parler du moi, c'est l'utiliser comme un substantif. Cet usage du terme « moi » a été introduit en philosophie par Descartes.

Individualisme : dans un sens moral, ce terme peut avoir une connotation négative et est synonyme d'égoïsme. Dans un sens sociologique, il désigne les sociétés faisant passer les intérêts et les libertés individuels avant les intérêts collectifs par opposition aux organisations dites **holistes**.

Les métamorphoses du moi

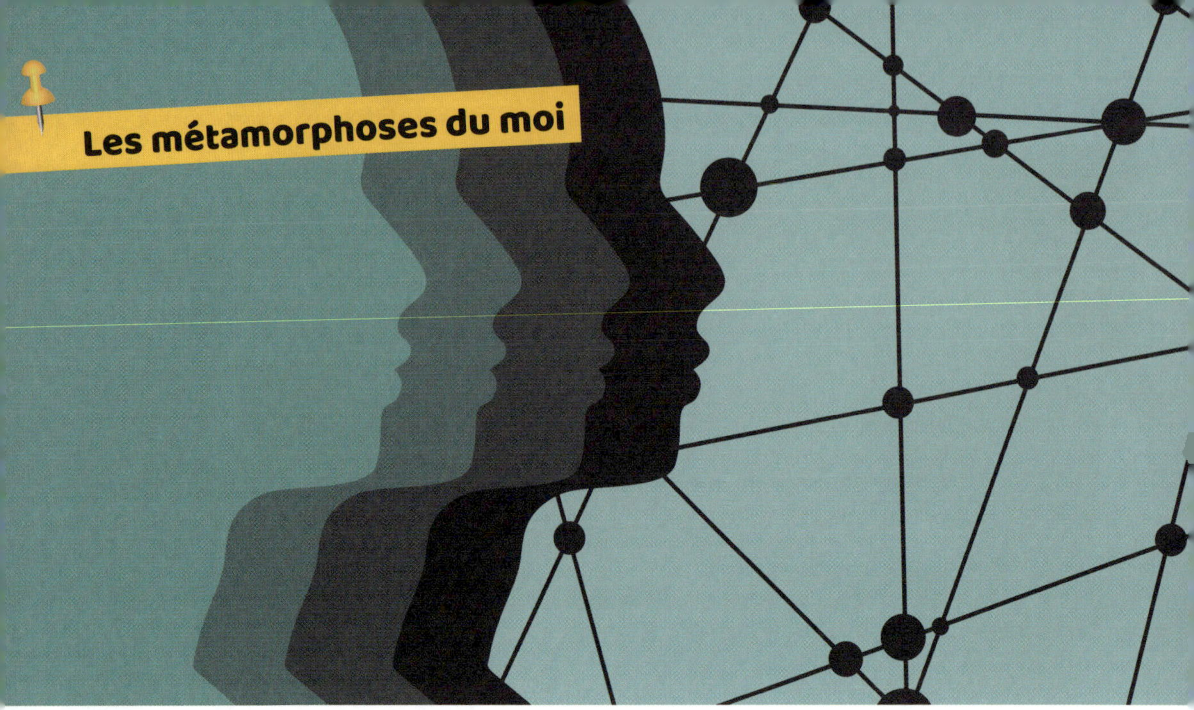

Y a-t-il un moi ?

Un moi pluriel

Définir le moi est une tâche complexe. Déjà saint Augustin, lorsqu'il se livre à l'introspection dans ses *Confessions*, dit être devenu « une énigme » pour lui-même. Montaigne se sent divers et cherche par ses *Essais* à se cerner. Les changements apportés par la vieillesse sont captés dans la multitude d'autoportraits de Rembrandt, comme pour se souvenir de lui-même derrière la mue incessante de son visage. « Que reste-t-il de soi ? » s'interroge l'Empereur dans les *Mémoires d'Hadrien* : « la présence d'une personne », mais dont la « forme » se « brouille » au cours du temps. Ce sont ces métamorphoses du moi qui font que l'homme se distingue d'une chose. Selon Sartre, philosophe **existentialiste**, penser que l'on dispose d'une identité fixe, que l'on se réduit à un rôle social, c'est faire preuve de mauvaise foi. Être authentique, c'est assumer le fait que je ne peux jamais être totalement moi-même car, par ma liberté, je dépasse toujours les données factuelles (facticité) qui ne peuvent jamais me définir totalement. C'est ce que Sartre appelle la **transcendance**. Dans une de ses lettres, Rimbaud déclare que le poète, une fois qu'il a « inspecté » son âme, doit parvenir à « l'inconnu » : ce qui se découvre dans sa poésie n'est plus lui, car « Je est un autre ». Cette pluralité lyrique du moi est aussi ce que met en œuvre Apollinaire dans *Alcools* : le « je » autobiographique se dissout et se double d'un « je » imaginaire, voix de personnages mythiques ou anonymes.

« La mort du sujet »

Le XXe siècle marque « l'ère du soupçon » qui voit les pensées des individus être les facteurs déterminant les actions, selon les trois maîtres que sont Nietzsche, Marx et Freud. On assiste, pour reprendre les termes de Foucault, à « la mort du sujet », c'est-à-dire d'un sujet autonome. Au XXe siècle, le psychanalyste Freud inflige à l'homme « une blessure narcissique » : en refoulant une partie de ce que nous sommes dans notre inconscient, c'est une partie de notre individualité qui nous échappe. Freud redéfinit le moi comme la partie consciente de notre psychisme composé aussi de forces inconscientes qu'il nomme le ça et le surmoi : soumis à ces forces qui lui échappent, « le moi n'est pas maître dans sa propre maison ».

Pour le groupe surréaliste créé en 1919 par Breton notamment, l'art est comme un moyen d'entrer dans l'inconscient. Apollinaire invente le terme « surréaliste » et précise que l'art doit retrouver la nature, non en l'imitant, mais par le biais de l'imaginaire. En rupture avec la bourgeoisie et le réalisme, influencés par Freud, ces artistes initient une nouvelle poétique qui se veut re-création du monde par l'imaginaire, privilège du rêve, de l'inconscient, de l'impulsion immédiate sur la raison et le sens. Grâce à des jeux d'écriture, comme le collage aléatoire de mots, ou le cadavre exquis, à l'écriture automatique, il est possible de rendre visible le continent inconnu qui nous habite. L'insolite, grâce au « stupéfiant image » (les artistes privilégieront les analogies étranges), et le dialogue entre les arts vont permettre une libération totale de l'esprit.

Un moi bouleversé

Traversé par des tensions internes, le moi peut sombrer dans la folie. Si, jusqu'au Moyen Âge, le fou était considéré comme habité par le diable, l'âge classique définit la folie par la privation de la raison. L'approche scientifique qui se développe au XIXᵉ siècle décrit la folie comme une aliénation mentale et cherche parfois à la guérir par des traitements violents. Au XXᵉ siècle, la psychanalyse s'intéresse à la dimension subjective de la folie. Freud reproche d'ailleurs à ses prédécesseurs de n'avoir pas pris au sérieux les **hystériques** en les accusant de simuler leurs symptômes. Il développera une méthode thérapeutique passant notamment par la libre parole.

La folie apparaît aussi pour certains artistes comme un champ à explorer car la voix de la folie est parfois plus sensée que la raison. Liée au romantisme, la littérature fantastique livre des personnages en proie à leurs fantasmes et fait de l'expression de la démence un moyen d'assumer les passions du moi. *Le Horla* de Maupassant, le narrateur de *La Chute de la maison Usher* d'Edgar Allan Poe, cherchent tout autant à explorer qu'à restaurer ces « affections mentales ». Gérard de Nerval interroge la question de l'identité à travers ces « forces mystérieuses » qui divisent son moi et qu'il retranscrit. Ces voix hallucinées ne sont pas moins dignes d'appréhender le sujet et le monde que la raison, comme le montre aussi Faulkner dans *Le Bruit et la Fureur* par le biais de Benjy, atteint mentalement et dont nous épousons les perceptions.

Vocabulaire

Existentialisme : courant philosophique porté notamment par Jean-Paul Sartre qui place au cœur de la réflexion l'existence individuelle, les choix personnels. L'individu est donc maître de son existence et il lui donne son sens. Ainsi, même s'il peut être déterminé par la société ou son éducation, même s'il peut rencontrer certains obstacles, il reste bien responsable de ce qu'il est et de ce qu'il fait. Il est donc l'auteur de son existence.

Transcendance : du latin *transcendere* qui signifie « monter en passant par-delà ». La transcendance désigne ce qui est supposé relever d'une nature supérieure et s'oppose à l'immanence. Dans la philosophie existentialiste athée de Sartre, le terme transcendance désigne cette capacité de dépassement dont l'individu est capable.

Hystérique : du grec *hystericos*, signifie « malade de la matrice » (utérus). Depuis le XVIᵉ siècle, l'hystérie est considérée comme une pathologie dont les signes sont une excitation extrême. En psychiatrie, désigne une névrose pouvant se manifester par des crises convulsives ou des attaques. Freud s'est attaché à élucider ces désordres psychiques qui ont été l'objet de polémiques et de recherches.

Les métamorphoses du moi

Représenter les métamorphoses du moi

Décrire notre vie intérieure

La littérature a métamorphosé la façon de rendre compte de notre moi intérieur : au début du XXe siècle, on ne peut plus décrire l'intériorité comme le faisait Mme de La Fayette au XVIIe siècle en ordonnant de manière claire et raisonnée la subjectivité. La plongée dans la conscience intime d'un personnage se nourrit des découvertes en psychologie : les écrivains cherchent alors une forme narrative qui puisse rendre compte des impressions et des embryons d'idées jaillissant dans notre conscience en un va-et-vient permanent. Ruptures de phrases, associations incongrues de sensations et de réflexions tentent de retrouver notre pensée dans son état préverbal. Cette technique sera appelée par les Anglais : « *stream of consciousness* » (flux de conscience).

À côté de cette « transparence intérieure », certains romanciers proposent des personnages opaques car, pour eux, rendre compte de notre intimité intérieure est d'autant plus factice et illusoire qu'elle est celle d'un autre. Ces personnages saisis de l'extérieur se rencontrent notamment chez Duras ou Robbe-Grillet.

Le genre autobiographique vise lui aussi à décrire les mutations du moi aux différents âges de la vie. On considère *Les Confessions* de Rousseau comme la première autobiographie. Son caractère novateur vient du fait que ce projet est délié de la tutelle religieuse et de l'histoire car Rousseau veut se montrer sans voile et dans sa singularité : « J'ose croire n'être fait comme aucun de ceux qui existent. »

La construction du moi

L'écriture autobiographique implique un dédoublement de soi que met en scène par exemple Nathalie Sarraute dans *Enfance* par le biais d'un dialogue avec elle-même. Qu'est ce qui fonde notre identité ? Nos actions, nos souvenirs, ce que l'on a dit de nous ? Marguerite Yourcenar intitule les volumes de son autobiographie *Le Labyrinthe du monde*, car explorer son moi la plonge dans un « sombre labyrinthe dont on ne sort pas ».
Les lacunes de la mémoire, ses processus de sélection ou de refoulement font que l'on peut, avec Stendhal dans sa *Vie de Henry Brulard*, comparer l'entreprise autobiographique à une « fresque » où des morceaux « bien conservés » voisinent avec « de grands espaces où l'on ne voit que des briques du mur ». Se raconter, c'est aussi se mettre en scène, transformer sa vie en destin au point de dramatiser certains faits vécus, d'en enjoliver d'autres, de sombrer dans l'amour-propre. C'est ce qui faisait dire à Pascal dès le XVIIe siècle que « le moi est haïssable ». C'est là une critique que l'on formule aujourd'hui avec l'importance des réseaux sociaux. Le risque de surexposition ne conduit-il pas à une perte de sa propre intimité et de son identité ? Des artistes comme Cindy Sherman s'emparent de la pratique du *selfie* pour souligner la part de formatage de l'image produite par la société. Par sa mise en image ou en écriture, c'est l'individu lui-même qui se métamorphose.

L'identité narrative

Alors que dans les années 1970 Philippe Lejeune affirme que les auteurs d'autobiographies nouent un pacte avec leur lecteur, qui consiste à se montrer tels qu'ils sont (*cf.* l'**égotisme**), certains se libèrent de ce principe et remettent en cause la séparation nette entre fiction et autobiographie. Dans *W ou le souvenir d'enfance*, Georges Perec alterne un récit imaginaire d'une cité hallucinant le monde concentrationnaire, tirée de ses jeux d'enfance, avec des souvenirs réels, assortis de notes rectifiant après enquête une première mémoire modelée par les affects. Le boom de l'autofiction ces dernières années peut être aussi interprété comme une réponse à l'impasse de la sincérité.
On pourrait dire, avec Proust et Yourcenar, que toute littérature est écriture de soi, ce que pratique Pessoa, diffracté dans les personnages multiples qu'il s'invente, les « hétéronymes ». Dans le genre biographique, l'écrivain, en explorant l'autre, travaille aussi sur soi, comme le font par exemple Yourcenar dans ses *Mémoires d'Hadrien* ou Modiano avec *Dora Bruder*. Pour Paul Ricœur, le récit est un moyen de pallier les difficultés liées à l'identité personnelle. Si l'identité « *idem* » désigne ce qui demeure le même dans le temps (comme la date de naissance...), l'identité « *ipse* », le soi, renvoie à la manière dont je construis mon identité en suivant telle valeur morale, en tentant de donner sens à ma vie à travers un récit cohérent. C'est ce que Ricœur appelle la dimension narrative de l'identité. Le je se transforme et devient soi à travers ses récits propres, mais aussi à travers ceux qui sont transmis par la littérature ou la tradition.

Vocabulaire

Égotisme/égologie : Vincent Descombes distingue deux grandes manières de parler de soi. De nombreux écrivains pratiquent l'égotisme : ils écrivent des livres autobiographiques où ils parlent d'eux-mêmes. Le moi des égotistes est toujours un moi particulier, concret. Le moi de l'égologie est un moi abstrait et universel (*cf.* Descartes).

Exercices

01 Moi et le cours

Révisez les notions du cours

Reliez les œuvres suivantes à leurs courants artistiques ou à leur genre.

1 Fantastique

2 Naturalisme

3 Surréalisme

a

Giorgio de Chirico, *La Chanson d'amour*, 1914.

b

Odilon Redon, *L'Araignée qui pleure*, 1881.

c

Édouard Manet, *Un bar aux Folies Bergère*, 1881.

Comprendre la naturalisme

Voici un croquis de Zola mettant en place l'histoire des Rougon-Macquart et un extrait de *La Bête humaine* décrivant une des crises du personnage principal, Lantier.

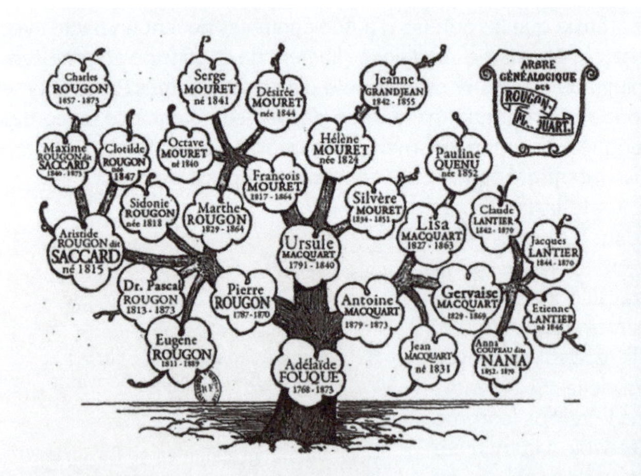

« La famille n'était guère d'aplomb, beaucoup avaient une fêlure. Lui, à certaines heures, la sentait bien, cette fêlure héréditaire ; non pas qu'il fût d'une santé mauvaise, car l'appréhension et la honte de ces crises l'avaient seules maigri autrefois; mais c'étaient, dans son être, de subites pertes d'équilibre, comme des cassures, des trous par lesquels son moi lui échappait, au milieu d'une sorte de grande fumée qui déformait tout. Il ne s'appartenait plus, il obéissait à ses muscles, à la bête enragée. Pourtant, il ne buvait pas, il se refusait même un petit verre d'eau-de-vie, ayant remarqué que la moindre goutte d'alcool le rendait fou. Et il en venait à penser qu'il payait pour les autres, les pères, les grands-pères, qui avaient bu, les générations d'ivrognes dont il était le sang gâté, un lent empoisonnement, une sauvagerie qui le ramenait avec les loups mangeurs de femmes, au fond des bois. »

Émile Zola, *La Bête humaine*, 1890.

1) Expliquez en quoi cet extrait illustre la théorie naturaliste.
2) Décrivez les modifications du moi qu'Étienne Lantier constate.
3) À quoi fait référence la « bête enragée » ?

Exercices

Réviser les auteurs Après vous être imprégné du cours, vous pouvez attribuer ces extraits de texte à leur auteur.

1 « Nous apprenons à devenir le narrateur de notre propre histoire sans que nous devenions entièrement l'auteur de notre vie. »

2 « Je ne suis jamais aucune de mes attitudes, aucune de mes conduites. [...] De toute part j'échappe à l'être et pourtant je suis. »

3 « Ce n'est pas la conscience des hommes qui détermine leur existence, c'est au contraire leur existence sociale qui détermine leur conscience. »

4 « Tu vas même jusqu'à tenir "psychique" pour identique à "conscient", c'est-à-dire connu de toi, et cela malgré les preuves les plus évidentes qu'il doit sans cesse se passer dans ta vie psychique bien plus de choses qu'il ne peut s'en révéler à ta conscience. Tu te comportes comme un monarque absolu qui se contente des informations que lui donnent les hauts dignitaires de la cour et qui ne descend pas vers le peuple pour entendre sa voix. Rentre en toi-même profondément et apprends d'abord à te connaître, alors tu comprendras pourquoi tu vas tomber malade, et peut-être éviteras-tu de le devenir. »

5 « À mesure que les conditions s'égalisent, il se rencontre un plus grand nombre d'individus qui, n'étant plus assez riches ni assez puissants pour exercer une grande influence sur le sort de leurs semblables, ont acquis cependant ou ont conservé assez de lumières et de biens pour pouvoir se suffire à eux-mêmes. Ceux-là ne doivent rien à personne, ils n'attendent pour ainsi dire rien de personne ; ils s'habituent à se considérer toujours isolément, ils se figurent volontiers que leur destinée tout entière est entre leurs mains. »

a 
Sigmund Freud

b 
Alexis de Tocqueville

c 
Karl Marx

d 
Jean-Paul Sartre

e 
Paul Ricœur

02 L'identité personnelle

Le cas Phineas Gage Le neurologue Antonio Damasio rapporte le cas suivant. En 1848, Phineas Gage, jeune contremaître, dirige des travaux de construction de voie ferrée dans le Vermont. Il est victime d'un accident : une barre de fer lui perfore le crâne et endommage le lobe frontal gauche de son cerveau. Gage survit et retrouve la plupart de ses fonctions motrices. S'il a bien gardé la faculté de parler ainsi que ses capacités intellectuelles, sa personnalité a été bouleversée. Il a perdu le sens des conventions sociales et morales apprises antérieurement. Il se met à manifester peu de respect pour autrui, devient capricieux, perd le sens des réalités.

1) Hormis des accidents de type cérébral, qu'est-ce qui selon vous fait que notre personnalité peut changer ?

2) À la suite de son accident, les amis de Gage estiment que « Gage n'est plus Gage ». Quels arguments donneriez-vous pour justifier leur propos ? À l'inverse, qu'est-ce qui selon vous fait que Gage est toujours Gage ?

Le bateau de Thésée Thésée est un héros grec auquel on doit nombre d'exploits. Une fois revenu à Athènes après avoir combattu le Minotaure, les citoyens conservent son bateau pour lui rendre hommage. Au fil du temps, ils en remplacent les pièces défectueuses. Au bout d'un certain temps, toutes les pièces d'origine ont été changées.

1) Selon vous, en changeant toutes les pièces, peut-on encore dire qu'il s'agit du bateau de Thésée ? Justifiez les deux réponses possibles (la vôtre et son antithèse).

2) Votre réponse aurait-elle été la même si on avait détruit d'un seul coup ce bateau pour en construire un autre ?

3) L'image du bateau de Thésée peut renvoyer à la question de l'identité personnelle. En quoi le bateau représente-t-il notre organisme ?

4) Pour vous, nos changements au cours de la vie remettent-ils en question notre moi ? Appuyez-vous sur un philosophe pour répondre à cette question.

Exercices

03 Les autres et moi

Moi sans les autres

1) **D'après Mead, comment le soi se construit-il ?**

2) **En vous appuyant sur l'exemple du confinement pris par Mead, peut-on selon vous se passer des autres sans sombrer dans la folie ?**

3) **Si comme Robinson vous étiez naufragé sur une île, trouveriez-vous la solitude effrayante ?**

« Le soi en tant qu'objet pour soi est essentiellement une structure sociale, qui émerge dans l'expérience sociale. Après que le soi a émergé, il peut en un certain sens se fournir ses expériences sociales : nous pourrions alors concevoir un soi absolument solitaire. Mais le soi est impensable hors de l'expérience sociale. Un homme condamné au confinement pour le reste de ses jours est toujours à lui-même son propre compagnon. Il peut penser et communiquer avec lui-même comme il le faisait naguère avec autrui. »

Georges Herbert Mead, *L'Esprit, le soi, la société*, 1934.

L'enfer, c'est les autres ?

On reproche souvent à notre société l'uniformisation de l'individu. En visionnant l'extrait de *La Cantatrice chauve* d'Eugène Ionesco et en observant ci-dessous la mise en scène de Jean-Luc Lagarce datant de 1991, **expliquez par quels moyens est mise en avant la disparition de l'individu.**

M. SMITH, *toujours dans son journal*. – Tiens, c'est écrit que Bobby Watson est mort. […]

Mme SMITH. – La pauvre Bobby.

M. SMITH. – Tu veux dire « le » pauvre Bobby.

Mme SMITH. – Non, c'est à sa femme que je pense. Elle s'appelait comme lui, Bobby, Bobby Watson. Comme ils avaient le même nom, on ne pouvait pas les distinguer l'un de l'autre quand on les voyait ensemble. Ce n'est qu'après sa mort à lui, qu'on a pu vraiment savoir qui était l'un et qui était l'autre. Pourtant, aujourd'hui encore, il y a des gens qui la confondent avec le mort et lui présentent des condoléances. […]

Mme SMITH. – Mais qui prendra soin des enfants ? Tu sais bien qu'ils ont un garçon et une fille. Comment s'appellent-ils ?

M. SMITH. – Bobby et Bobby comme leurs parents. L'oncle de Bobby Watson, le vieux Bobby Watson est riche et il aime le garçon. Il pourrait très bien se charger de l'éducation de Bobby.

Mme SMITH. – Ce serait naturel. Et la tante de Bobby Watson, la vieille Bobby Watson pourrait très bien, à son tour, se charger de l'éducation de Bobby Watson, la fille de Bobby Watson. Comme ça, la maman de Bobby Watson, Bobby, pourrait se remarier. Elle a quelqu'un en vue ?

M. SMITH. – Oui, un cousin de Bobby Watson.

Mme SMITH. – Qui ? Bobby Watson ?

M. SMITH. – De quel Bobby Watson parles-tu ?

Mme SMITH. – De Bobby Watson, le fils du vieux Bobby Watson l'autre oncle de Bobby Watson, le mort.

Extrait de la scène 1 de *La Cantatrice Chauve*, Eugène Ionesco, 1950.

Image extraite de la mise en scène de Jean-Luc Lagarce de 1991.

https://www.youtube.com/watch?v=C-BkB118nGo

04 Dire le moi

Écrire le moi

Dire qui l'on est semble une tâche difficile. Pourtant, de nombreux artistes ont tenté de cerner ce moi. **Quelles sont, selon Nathalie Sarraute, les difficultés que l'on rencontre quand on écrit sur soi ? En quoi l'œuvre de Francis Bacon pourrait-elle les illustrer ? Comment le texte d'Alain Robbe-Grillet sur le nouveau roman témoigne-t-il de cette nouvelle vision du moi ?**

1

– Alors, tu vas vraiment faire ça ? « Évoquer tes souvenirs d'enfance »... [...]

– Oui, je n'y peux rien, ça me tente, je ne sais pas pourquoi... [...]

– Est-ce vrai ? Tu n'as vraiment pas oublié comment c'était là-bas ? comme là-bas tout fluctue, se transforme, s'échappe... tu avances à tâtons, toujours cherchant, te tendant... vers quoi ? qu'est-ce que c'est ? ça ne ressemble à rien... personne n'en parle... ça se dérobe, tu l'agrippes comme tu peux, tu le pousses... où ? [...]

– Mais justement, ce que je crains, cette fois, c'est que ça ne tremble pas... pas assez... que ce soit fixé une fois pour toutes, du « tout cuit », donné d'avance...

– Rassure-toi pour ce qui est d'être donné... c'est encore tout vacillant, aucun mot écrit, aucune parole ne l'ont encore touché, il me semble que ça palpite faiblement... hors des mots...

Nathalie Sarraute, *Incipit de Enfance*, 1983.

2

Francis Bacon, *Autoportrait*, 1975.

Pour aller plus loin, voir le clip de Michel Gondry pour *Bachelorette* de Björk.

https://www.youtube.com/watch?v=qlgB9UG22bo

3

Le personnage chez Robbe-Grillet contre le personnage chez Zola

« Un personnage, tout le monde sait ce que le mot signifie. Ce n'est pas un "il" quelconque, anonyme et translucide, simple sujet de l'action exprimée par le verbe. Un personnage doit avoir un nom propre, double si possible : nom de famille et prénom. Il doit avoir des parents, une hérédité. Il doit avoir une profession. [...] Enfin il doit posséder un "caractère". [...] Aucune des grandes œuvres contemporaines ne correspond en effet sur ce point aux normes de la critique. [...] Beckett change le nom et la forme de son héros dans le cours d'un même récit. Faulkner donne exprès le même nom à deux personnes différentes. Quant au K. du *Château*, il se contente d'une initiale, il ne possède rien, il n'a pas de famille, pas de visage. [...] Le roman de personnages appartient bel et bien au passé, il caractérise une époque : celle qui marqua l'apogée de l'individu. »

Alain Robbe-Grillet, *Pour un nouveau roman*, 1963.

Le flux de conscience

Le monologue intérieur de Molly Bloom constitue la dernière partie du roman *Ulysse* de James Joyce, représentatif du « *stream of consciousness* ». **Relevez tout ce qui dans le texte (changement de pronom, ponctuation...) témoigne d'un flux de pensée.**

« Je l'ai poussé à me demander en mariage oui d'abord je lui ai donné le morceau de gâteau à l'anis que j'avais dans la bouche et c'était une année bissextile comme maintenant oui il y a seize ans mon dieu après ce long baiser je pouvais presque plus respirer oui il a dit que j'étais une fleur de la montagne oui c'est ça nous sommes toutes des fleurs le corps d'une femme oui voilà une chose qu'il a dite dans sa vie qui est vraie et le soleil c'est pour toi qu'il brille aujourd'hui oui [...] je faisais que regarder la mer le ciel je pensais à tant de choses qu'il ignorait à Mulvey à Monsieur Stanhope à Hester à père au vieux capitaine Graves et aux marins qui jouaient au poker menteur et au pouilleux déshabillé comme ils appelaient ça sur la jetée et [...] O ce torrent effrayant tout au fond O et la mer la mer cramoisie quelquefois comme du feu et les couchers de soleil en gloire et les figuiers dans les jardins d'Alameda oui [...] et d'abord je l'ai entouré de mes bras oui et je l'ai attiré tout contre moi comme ça il pouvait sentir tout mes seins mon odeur oui et son cœur battait comme un fou et oui j'ai dit oui je veux Oui. »

James Joyce, *Ulysse*, 1922.

Synthèse | Les métamorphoses du moi

Le moi à l'épreuve de la société

Tout individu est le fruit d'une éducation, d'une société qui le façonne en partie. De ce fait, il n'est pas totalement maître de son existence. Dans le champ littéraire, le roman naturaliste décrit ce conditionnement social et révèle la difficulté d'être véritablement soi. Toutefois, le conformisme social n'est pas la seule caractéristique de notre société car on observe aussi une tendance à l'individualisme, à la valorisation de ses intérêts privés.

Représenter les métamorphoses du moi

Comment saisir le moi ? L'art en offre un moyen. En littérature, « *le stream of consciousness* » permet une plongée intime dans la conscience. Le genre autobiographique aide à redonner du sens à une existence en l'ordonnant. Mais en s'écrivant ne prend-on pas le risque de se trahir ? De se glorifier ou au contraire de se mésestimer ? Toute écriture est reconstruction de soi, transformation de soi et apparaît comme un moyen de forger son identité.

Y a-t-il un moi ?

Au XXe siècle, les sciences humaines remettent clairement en cause l'identité individuelle en montrant que l'individu est déterminé par des causes sociales, mais aussi par des forces psychologiques souterraines. La découverte de l'inconscient par Freud rend l'individu de plus en plus opaque : il devient une énigme pour lui-même. Le surréalisme reflète ce bouleversement du moi, bouleversement qui peut aller jusqu'à l'expérience de la folie.

Synthèse | La recherche de soi

Une recherche importante à l'époque romantique marquée par l'exploration de son intériorité, de sa singularité, de son authenticité face à une société qui pourrait me faire perdre mon moi.

Comment trouver

Les philosophes des Lumières accordent une grande place à l'éducation comme émancipation dans le processus de construction de soi. Autrui est un élément essentiel dans la construction de soi. Cette conception idéale de l'éducation ne doit pas occulter le fait que l'éducation peut nous formater et nous enfermer dans un rôle social.

La recherche

son moi ?

Une recherche complexe puisque le moi est difficile à saisir en raison de nos changements au cours du temps, car nous sommes déterminés par la société, car il existe selon Freud un inconscient rendant le moi opaque.

de soi

L'expression de soi est un moyen d'explorer notre moi : le romantisme s'intéresse à notre part sensible. L'art, l'écriture de soi sont des moyens de faire un retour sur soi. Se rechercher, ce n'est pas seulement se projeter, c'est aussi essayer d'unifier les différents éléments de sa vie. Cette tentative ne risque-t-elle pas de métamorphoser le moi ?

L'humanité en question

Création, continuités et ruptures

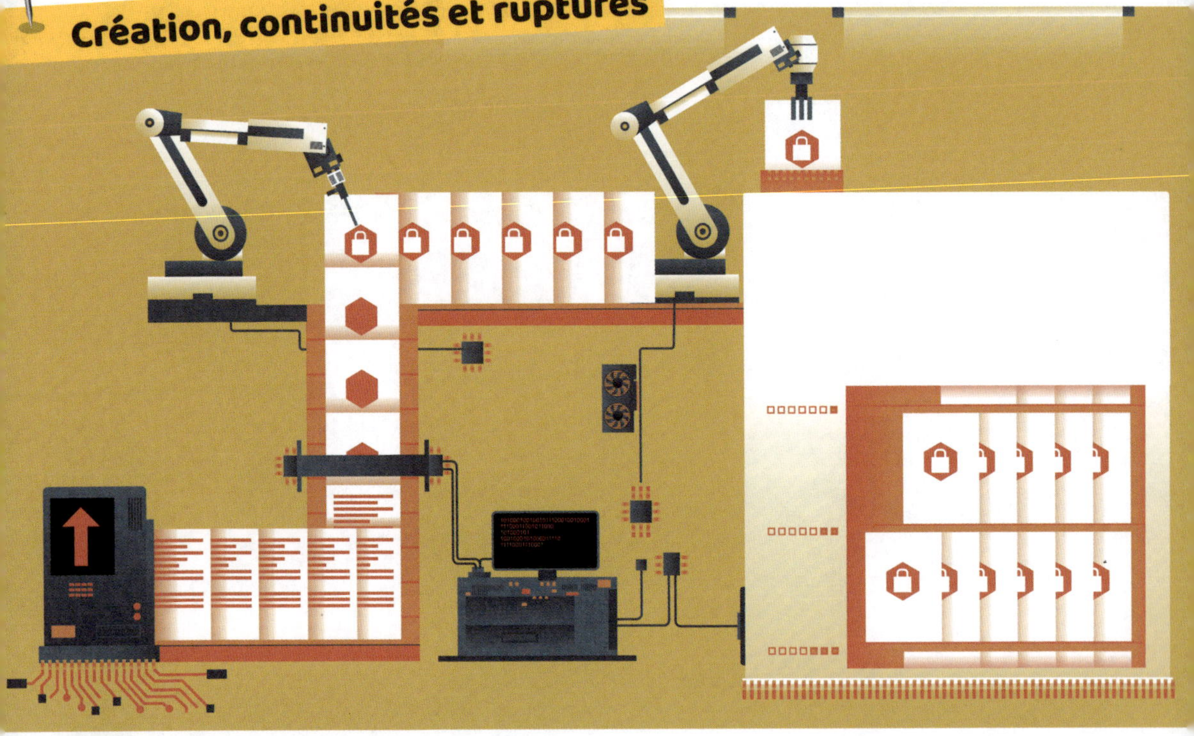

La modernité en question

Qu'est-ce qu'être moderne ?

Le XVIIIe siècle, dit des Lumières, fait l'apologie du progrès, clef de l'émancipation de l'humanité. Au XXe siècle, on ne peut que constater toutes les avancées techniques et scientifiques qui témoignent de la perfectibilité de l'homme, critère permettant selon Rousseau de distinguer l'homme de l'animal. Même si la notion de modernité est difficile à dater d'un point de vue historique, elle se définit par certains critères tels que le refus du passéisme, le désir de s'affranchir de la tradition et d'affirmer son autonomie dans tous les domaines. Ainsi, dans le champ scientifique, la raison devient le moteur du savoir et non plus l'autorité ou la tradition.

La racine du mot moderne, *modo*, signifie « récemment » et a pu insuffler dans son emploi un caractère avant-gardiste, radical, voire révolutionnaire, que revendique par exemple Baudelaire. Dans *Le Peintre de la vie moderne*, il associe la modernité dans le domaine de l'art à l'éphémère, au transitoire. Ainsi, la modernité décrit au XXe siècle une expérience liée aux changements qui découlent de l'industrialisation, de la mécanisation, de l'urbanisation et de la **sécularisation**. Elle se construit par une succession de ruptures, de transgressions et de créations dans de nombreux domaines de la culture.

La puissance créative exaltée

Les XXe et XXIe siècles offrent de nombreuses illustrations de toutes les prouesses techniques dont l'être humain est capable. Ces inventions témoignent de la capacité créative de l'homme et ont des répercussions sur la manière d'habiter le monde. L'agrandissement des villes, des immeubles, bouleverse l'habitat et dessine de nouveaux rapports à l'espace et aux autres. Le train, l'avion deviennent des objets iconiques de ce progrès : ils donnent à l'homme une nouvelle dimension qui sera poétisée. Objets techniques et vitesse sont ainsi célébrés, notamment par Apollinaire dans *Alcools*. Proust écrit sur le téléphone, le train ou l'automobile, et montre comment ces inventions offrent une sensibilité nouvelle : la voix se dématérialise, le paysage se dissout en couleur et lumière. Vitesse et mouvement deviennent une perception moderne que cherchent à retranscrire les peintres cubistes, futuristes, comme Picasso, ou Duchamp dans son *Nu descendant l'escalier*.

Dans *Mythologies*, Barthes s'intéresse aux mythes modernes, par exemple la nouvelle Citroën DS, « l'équivalent assez exact des grandes cathédrales gothiques ». Comme la DS, et de façon générale l'automobile, n'est pas à la portée de tous, et que le public en ignore le processus de fabrication, celle-ci devient un « objet magique », incarnant la foi superstitieuse dans le progrès. Barthes transforme ironiquement le nom DS en « déesse » et stigmatise la « néomanie » de l'époque : l'obsession du nouveau.

L'agressivité de la modernité

Ce monde moderne, s'il marque un renouveau, n'est pas sans susciter des inquiétudes. Car les nouvelles techniques transforment aussi les villes en mégalopoles bruyantes, déshumanisantes, dans lesquelles l'individualisme finit par triompher. Dans *Voyage au bout de la nuit*, Céline montrera justement New York sous le jour de ces nouvelles inquiétudes. C'est la surprise qui gagne le personnage Bardamu lors de son arrivée dans la métropole, présentée comme une ville peu hospitalière en raison de l'âpreté de son climat, mais surtout de ses lignes droites, de sa verticalité, qui en font une ville « raide à faire peur ».

Cette agressivité de la modernité prendra une forme terrible avec la Première Guerre mondiale. Des liens sont établis entre les technologies employées (aviation, mécanique, chimie, etc.) et l'hécatombe de 1914-1918. En 1919, Paul Valéry écrit que la science a été « déshonorée par la cruauté de ses applications », et que « nous autres, civilisations, nous savons maintenant que nous sommes mortelles. »

Le XXe siècle est une période de crises : écologique, sociale, morale, esthétique et religieuse, cette dernière se traduisant à la fois par la laïcité et la sécularisation, mais aussi par un retour du religieux sous une forme brutale.

Vocabulaire

Sécularisation : biens qui cessent d'appartenir à l'Église et d'être sacrés. Passage de valeurs du domaine sacré au profane.

De nouveaux modes de pensée

Des crises qui modifient la représentation qu'a l'humanité d'elle-même

Toutes ces crises font du XXe siècle une ère de renouveau dans les modes de pensée. Dès le XIXe siècle Marx se propose de repenser l'homme en rompant avec l'approche de Descartes et Hegel. Contre cette conception abstraite d'un être se définissant essentiellement par sa conscience, Marx affirme que « ce n'est pas la conscience qui détermine le monde, mais le monde qui détermine la conscience ». L'homme est un être social, travaillant, déterminé par des rapports de production et des rapports économiques, tout comme ses créations culturelles. Analysant le système capitaliste, ce théoricien de la lutte des classes affirme que c'est la bourgeoisie qui, détenant les modes de production, exploite le prolétariat et instaure des droits pour elle. C'est pourquoi Marx en appelle à la révolution : « Les philosophes n'ont fait jusqu'à présent qu'interpréter le monde, il s'agit maintenant de le transformer. »

La pensée marxiste et sa critique du capitalisme seront très influentes pendant une partie du XXe siècle : des sociologues mettront en évidence les relations de pouvoir à l'œuvre dans la société. Peu à peu apparaît une pensée déconstructiviste qui souligne le caractère construit des normes, des goûts, remettant en question la structuration hiérarchique de la société à partir d'un patrimoine économique et culturel. L'homme devient un objet de connaissance dont il reste beaucoup à explorer. En mettant à jour l'hypothèse de l'inconscient, Freud se compare à Christophe Colomb. L'anthropologie puis l'ethnologie, quant à elles, s'intéressent à ce qu'est l'homme dans sa diversité culturelle et entraînent un décentrement de notre regard sur l'autre : l'ethnologue Lévi-Strauss remet en question l'anthropologie évolutionniste qui postule qu'il est possible d'établir des lois expliquant l'évolution des sociétés.

Renouveau dans le domaine scientifique

Au XXe siècle, ce sont les sciences elles-mêmes qui se trouvent questionnées. Ainsi l'empirisme logique représenté par le cercle de Vienne, groupe d'intellectuels et de scientifiques viennois des années 1920, s'interroge sur ce qu'est la science. Reprenant des aspects du courant positiviste porté par Comte au XIXe siècle, il énonce la nécessité de distinguer entre les faits et les valeurs, de recourir à l'observation et aux sensations pour établir des connaissances, et de substituer à la question du « pourquoi » la question du « comment ».

En rupture avec l'idéal cartésien de vérité et de certitude, Popper affirme qu'observer et établir des faits ne suffit pas : une théorie n'est scientifique qu'à condition d'être réfutable. Il considère, contre le **dogmatisme**, qu'il est impossible de détenir la vérité absolue ; mais, contre le scepticisme, qu'il est possible de rectifier ses erreurs et donc de s'approcher de la vérité. En science, il n'y a de certitude que négative : on peut savoir si une théorie est fausse, non si elle est vraie. Les théories scientifiques sont des hypothèses, parfois concurrentes, que la démarche expérimentale peut éventuellement réfuter.

Les théories scientifiques ne sont pas un reflet de la réalité, mais une explication du monde à un instant T, avec les connaissances du moment, un modèle qui appelle toujours à être dépassé. De plus, cet idéal de certitude est aussi remis en cause par la mécanique quantique, qui abandonne l'idéal de la vérité au profit d'une approche probabiliste et introduit l'idée d'un principe fondamental d'incertitude.

Une rationalité en crise ?

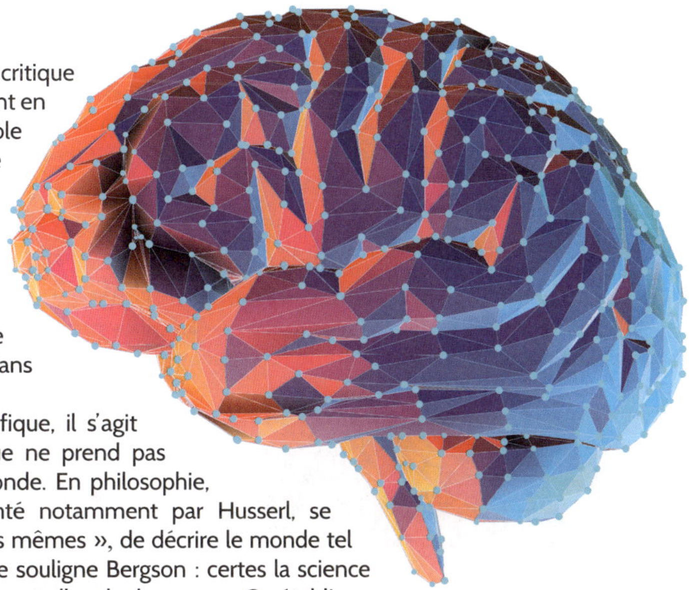

La crise de la rationalité provient aussi d'une critique de la part de certains philosophes remettant en cause l'idée que la science aurait le monopole de la connaissance. Si l'empirisme logique établit une distinction entre les faits et les valeurs et considère que les énoncés tels que « il y a un Dieu » ne sont pas des connaissances mais traduisent des sentiments de vie, il affirme en même temps que de tels sentiments de vie peuvent trouver matière à expression dans l'art de façon plus adéquate.

Ainsi, sans renoncer à l'approche scientifique, il s'agit de montrer que la rationalité scientifique ne prend pas en compte notre point de vue sur le monde. En philosophie, le courant phénoménologique, représenté notamment par Husserl, se donne pour tâche de « revenir aux choses mêmes », de décrire le monde tel qu'il apparaît à la conscience. C'est ce que souligne Bergson : certes la science appréhende l'esprit, mais elle l'appréhende sous l'angle du cerveau. Or, établir une cartographie du cerveau ne permet pas de comprendre la conscience. De même, les conceptions mécanistes et finalistes ne parviennent pas à saisir le phénomène de la vie et de ses hasards qui restent irréductibles à des lois physico-chimiques.

La crise de la rationalité amène à reconsidérer la science pour éviter le dogmatisme qui la menace. Cette dernière doit, selon Feyerabend, s'ouvrir au pluralisme théorique, mais aussi, selon Einstein, aux voies de l'imaginaire : « La plus belle chose que nous puissions expérimenter est le mystérieux. C'est la source de tout art et de toute science. »

Vocabulaire

Dogmatisme : pensée pour laquelle l'homme est capable d'aboutir à des certitudes. Admettre comme vraies des idées sans discussion (de *dogma* : thèse, croyance).

Création, continuités et ruptures

L'art un continuel renouveau ?

Un cycle de ruptures ?

L'histoire de l'art semble se faire par le biais de ruptures : l'art moderne (ou **modernisme**) se définit par une recherche constante de nouvelles formes et par la remise en cause de l'idéal mimétique au profit de l'expression de l'artiste. Conçu comme un terrain d'expérimentation, l'art surprend et choque. Fractures et avant-gardes vont de pair depuis les impressionnistes exposés au Salon des refusés, en 1863. C'est le cas de tous les courants en « isme » (comme le cubisme) et des déclarations romantiques ou réalistes publiées par les écrivains pour se défendre. Apollinaire, qui souhaite innover formellement en poésie autant que ses amis cubistes, met en avant « la surprise » qui permet à « l'esprit nouveau » de se distinguer « de tous les mouvements artistiques et littéraires qui l'ont précédé ».

Ces ruptures sont parfois virulentes et fortement assumées. Les avant-gardes revendiquent le caractère révolutionnaire de leurs pratiques : il existe un progrès en matière d'art justifiant la rupture totale avec le passé. Marinetti, dans son *Manifeste pour le futurisme*, proclame faire table rase du passé artistique occidental au profit de la vitesse, de la violence, de la modernité.

Pourtant la rupture n'est pas nouvelle en art : émeutes lors de la découverte des nus de Michel-Ange au plafond de la chapelle Sixtine en 1512, querelle du *Cid*, écrit par Corneille, embrayant sur la querelle des Anciens et des Modernes, au XVIIe siècle, procès de Baudelaire pour *Les Fleurs du mal* et de Flaubert pour *Madame Bovary* : tous témoignent de basculements artistiques.

Revisiter le passé ?

S'il y a des moments forts de remise en question en art, ils doivent être replacés dans un contexte temporel plus large qui fait apparaître des continuités, parce que les innovations coexistent avec un art plus conforme, que la modernité devient norme, et que l'art ne s'écrit *contre* le passé qu'en s'écrivant *avec* lui. Se mesurer à des œuvres

passées, c'est faire apparaître l'écart ou le rapprochement avec elles. Beaucoup de peintres novateurs se sont nourris de peintres anciens, tels Picasso ou Manet ; d'autres se sont inspirés des arts primitifs ou des estampes japonaises comme Gauguin ou Van Gogh. Apollinaire revendique, contre Marinetti, de préserver le passé : les figures du Moyen Âge comme Merlin et d'autres issues de légendes allemandes peuplent sa poésie.

Ainsi les mouvements artistiques se trouvent-ils précédés dans le passé ou prolongés dans le futur par des œuvres qui leur font écho. De nos jours, à côté de l'abstraction, le figuratif fait retour, la tragédie renaît chez des dramaturges comme Wajdi Mouawad et innerve le genre cinématographique du western ou du film noir. Que dire des séries ou des fresques romanesques qui rappellent les publications en feuilletons des écrivains naturalistes et qui permettent d'embrasser et de questionner la société ? Si les formes et les visions du monde se renouvellent, elles restent les héritières de genres et les dépositaires d'un universel humain lisible à travers les siècles. S'il y a révolution artistique, elle est à la fois bouleversement et retour, comme l'indique son étymologie, *revolvere* : « rouler (quelque chose) en arrière ».

Redéfinir l'art

Les mutations dans le domaine des arts sont inhérentes aux nouvelles technologies, comme en atteste l'invention de la photographie et du cinéma. L'art ne cesse de se renouveler et il sera redéfini au XXe siècle, comme en témoignent les **ready-made** de Duchamp. La notion d'art s'élargit à partir des années 1950, l'art contemporain fait voler en éclats les critères habituels permettant de définir une œuvre : elle peut être éphémère, s'affranchir de toute dimension esthétique, être un objet technique, devenir événement, c'est-à-dire performance.

Les révolutions artistiques du XXe siècle ont rendu poreuses les frontières entre les arts : l'écriture narrative et poétique remodèle le texte théâtral, le cinéma et les séries influencent les genres narratifs et le spectacle vivant ne cesse d'expérimenter des fusions entre arts plastiques, danse et arts visuels. Pina Bausch, par exemple, a créé le concept de danse-théâtre. L'art contemporain marque aujourd'hui ses ruptures en débordant son domaine pour phagocyter des disciplines comme l'archéologie, les sciences.

Ainsi, l'art au XXe siècle ne cesse d'expérimenter, mais ce renouveau n'est pas sans susciter des craintes. À force de se définir comme rupture, l'art contemporain ne se réduit-il pas à une simple provocation ? Où commence et où s'arrête le champ de l'art ? Sans doute faut-il voir l'art comme un constant devenir, fruit du passé et germe du futur, lié à son époque que s'il excède forme et fond.

Vocabulaire

Modernisme : il promeut la nouveauté pour la nouveauté, avec l'objectif d'échapper au passage du temps.

***Ready-made* :** de l'anglais « tout fait ». Conçus par Marcel Duchamp : objets manufacturés ordinaires que l'artiste sélectionne, parfois modifie. En le titrant, le signant, l'objet trouvé devient art.

Exercices

01 Reproduction et tradition

« À l'époque de la reproductibilité technique, ce qui dépérit dans l'œuvre d'art, c'est son aura. [...] On pourrait dire, de façon générale, que la technique de reproduction détache l'objet reproduit du domaine de la tradition. En multipliant les exemplaires, elle substitue à son occurrence unique son existence en série. [...] L'unicité de l'œuvre d'art et son intégration à la tradition ne sont qu'une seule et même chose. Mais cette tradition elle-même est une réalité vivante, extrêmement changeante. Une statue antique de Vénus, par exemple, appartenait à une autre tradition chez les Grecs, qui en faisait l'objet d'un culte, et chez les clercs du Moyen Âge, qui y voyaient une malfaisante idole. Mais les uns et les autres avaient devant eux l'unicité de cette statue, autrement dit son aura. »

Walter Benjamin, *L'Œuvre d'art à l'ère de sa reproductibilité technique*, 1935.

Andy Warhol, *Campbell's Soup Cans*, 1962.

1) **Que veut montrer Benjamin avec l'exemple de la statue ?**

2) **Que produit, selon Benjamin, la reproduction mécanisée d'une œuvre d'art en série ?**

3) **En quoi l'œuvre de Warhol permet-elle d'illustrer le propos de Benjamin ?**

02 Courants d'art

Identifiez des courants artistiques : attribuez à chacun des mouvements artistiques cités sa définition et une œuvre qui lui correspond.

A Propose une décomposition conceptuelle du réel, jamais abstraite, mais démultipliant les points de vue sur l'objet.

B Né contre les absurdités de la guerre, développe un art ludique et critique. Ce mouvement contestataire rejette l'ordre bourgeois, les conventions esthétiques. Remet en cause la notion même d'œuvre d'art. Mouvement bref.

C Courant de peinture française de la seconde moitié du XIXe siècle. Marque la rupture de l'art moderne avec l'académisme. S'attache à reproduire les sensations fugitives (les impressions) que donnent le réel, la mobilité de la lumière, les mouvements fluides, plutôt que de peindre l'objet de manière objective.

D Né dans le sillage de Dada, incarne une attitude et un groupe d'artistes. Explore l'inconscient, que ce soit dans l'écriture ou les arts, grâce à un automatisme psychique pur permettant d'exprimer la réalité des pensées, sans censure. Exploration du monde onirique pour reconnecter l'Homme avec son intériorité.

E Pratique d'un artiste se concentrant radicalement sur l'effectuation d'une action, et sur l'immédiateté de son pouvoir signifiant. Toujours transdisciplinaire, ne laisse souvent pas de traces. Se situe hors des conventions de la représentation (danse, théâtre...). Un mépris déjà traduit par le renoncement à la mise en forme d'un objet, d'une pièce d'art.

F Terme inventé par l'artiste français Jean Dubuffet. Définit des œuvres réalisées par des artistes autodidactes qui n'ont pas forcément conscience d'être artistes et de faire de l'art. Ces œuvres relèvent aussi de la marginalité, les auteurs se situant hors du système de l'art ; elles sont créées selon les impulsions des artistes.

1) Cubisme
2) Impressionnisme
3) Surréalisme
4) Dadaïsme
5) Art brut
6) Performance

a

Claude Monet, *Impression, soleil levant*, 1872

b

Kaixuan Feng, *Performance artistique*, 2018.

c

Marcel Duchamp, *L.H.O.O.Q. (La Joconde aux moustaches)*, 1919.

d

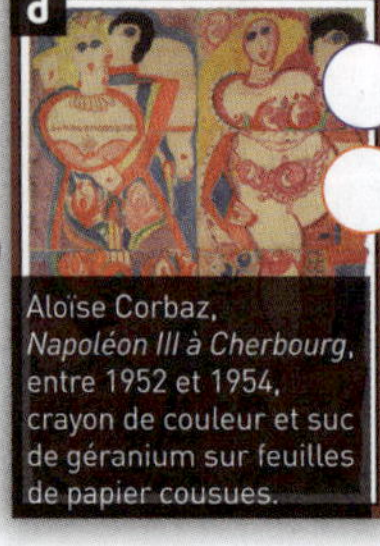

Aloïse Corbaz, *Napoléon III à Cherbourg*, entre 1952 et 1954, crayon de couleur et suc de géranium sur feuilles de papier cousues.

e

Georges Braque, *Compotier et cartes*, début 1913.

f

René Magritte, *La Force des choses*, 1958.

03 Ruptures et continuités

Repérez les continuités artistiques au-delà des courants.

1) Déterminez à partir des éléments entre parenthèses ce qui fait la continuité entre les œuvres en face à face. (Même titre, même sujet, écho d'une œuvre moderne à une œuvre plus ancienne, même genre, mêmes personnages, mêmes couleurs.)

2) Déterminez les ruptures qui opposent néanmoins les deux œuvres en vous aidant des éléments entre parenthèses. (Nudités réalistes, sexualisation des corps, allusions sexuelles, corps disloqués, perspective déstructurée, adresse au spectateur, abstraction, matériaux employés.)

Nicolas Poussin, *L'Enlèvement des Sabines*, 1634.

a

Pablo Picasso, *L'Enlèvement des Sabines*, 1962.

Édouard Manet, *Déjeuner sur l'herbe*, 1863.

b

Le Tintoret, *Le Concert champêtre*, 1509.

Jacques Villeglé, *Les Nymphéas*, affiches lacérées marouflées sur toile, 1957.

c

Claude Monet, *Le Bassin aux nymphéas, reflets de nuages*, 1915-1926.

Exercices

04 Vocabulaire et mots croisés

À l'aide des définitions, remplissez la grille de mots croisés ci-dessous. Une fois complétée, les trois lettres dans les cases rouges vous donneront la véritable identité de l'artiste d'avant-garde qui a présenté la toile *Et le soleil s'endormit sur l'Adriatique* au Salon des indépendants en 1910 à Paris.

Joaquim-Raphaël Boronali, *Et le soleil s'endormit sur l'Adriatique*, 1910.

Horizontalement

1) Entre les sens et la nature pour Baudelaire, entre les arts au fil des siècles.

2) Aspect, style avec lesquels une œuvre est présentée, évolutive, toujours.

3) En peinture, les femmes le sont de manière codée et classique ou de manière à renouveler le regard, ce qui crée le scandale.

4) En anglais, reprise souvent transformée d'une œuvre passée.

5) En 1893, Edvard Munch, précurseur de l'expressionnisme, rompt avec son temps en le poussant dans une société scandinave conformiste et puritaine.

6) Reprendre à une œuvre des mots, des détails, des mélodies...

7) Représentation : une forme reconnaissable d'une personne, d'un objet, d'une plante.

8) Attachement étroit aux codes et règles dictés par l'art officiel.

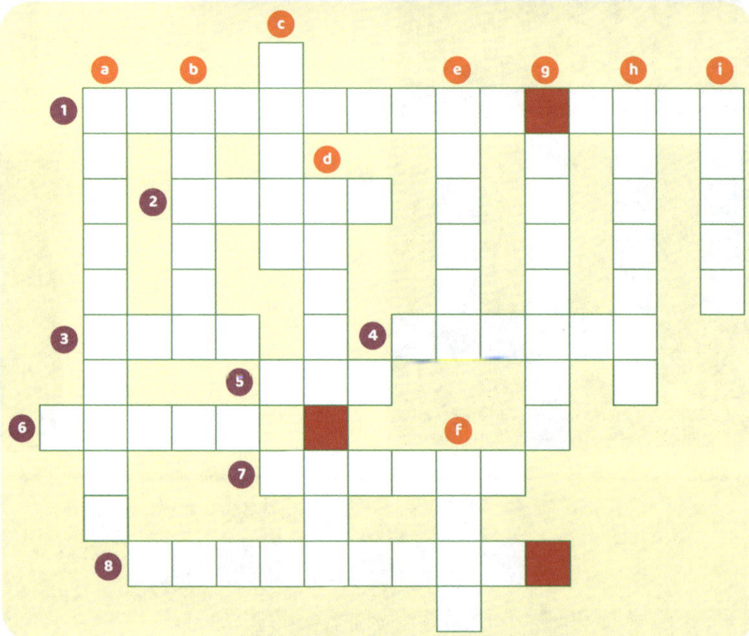

Verticalement

a) Elle se respecte quand on est un artiste sage.

b) Édouard Manet l'a été au Salon de 1863, avec *Le Déjeuner sur l'herbe*.

c) Style ou catégorie artistique qui, tout en changeant, traverse les époques, comme la nature morte, les portraits ou la poésie lyrique.

d) Utilisé par Baudelaire, se caractérise par le fait d'être tourné vers l'avenir, se construit par avancées et ruptures.

e) Définie par des lois ou des valeurs en usage.

f) Abolit complètement le passé artistique et idéologique, comme Marinetti dans son *Manifeste futuriste*.

g) L'art de ce type domine le XXe siècle. Il ne représente pas des figures, mais des formes et des couleurs pour elles-mêmes.

h) Quand l'avant-garde devient trop à la mode, ses innovations le deviennent.

i) Célébration du printemps par Igor Stravinsky en 1913 : rite païen, abandon des codes de la danse classique et du lyrisme en musique.

05 Peut-on définir une œuvre d'art ?

Constantin Brancusi

Une loi de 1922, le *Tariff Act*, prévoyait aux États-Unis la libre importation des œuvres d'art : elles pouvaient passer la douane sans avoir à subir de taxes. Or, en 1926, la douane examine un objet appartenant à un artiste nommé Brancusi : une pièce de métal jaune, dont l'identification laisse les autorités américaines perplexes car elle ressemble à un objet manufacturé. Or, si les objets d'art ne sont pas taxés, les objets manufacturés le sont. Les douaniers estiment que Brancusi doit s'acquitter d'une taxe à hauteur de 40 % de sa valeur. Pour Brancusi, *Bird in Space* est une œuvre d'art. Il décide alors d'intenter un procès à l'État américain pour qu'on reconnaisse à sa sculpture la qualité d'œuvre d'art. Le procès s'ouvre en octobre 1927.

Dans les cadres ci-contre (a, b, c, d, e), vous trouverez les interventions des témoins appelés par la défense afin de contrer les arguments de l'État. Reliez chacune de ces interventions au bon argument de la défense présenté dans le tableau ci-dessous.

a « Oui, j'ai vu ses expositions, à Paris et à Londres, aussi bien que l'exposition ici à New York. Il est considéré comme l'un des tenants les plus célèbres de l'école d'art la plus moderne. »

b « La question de l'esthétique n'a cessé d'être débattue depuis que l'homme a atteint le stade culturel. Articles, livres, traités et théories philosophiques ont été écrits, proposés et divulgués sans parvenir à un résultat définitif. La controverse se poursuit et se poursuivra aussi longtemps que les hommes n'éprouveront pas tous la même émotion face aux mêmes objets. Cette question a agité les esprits des plus grands penseurs : Platon, Socrate, Kant, Schopenhauer, Lessing, Knobbs, Emerson, James, Ruskin […] Aucun d'eux n'a pu y apporter une solution définitive. »

c « C'est un objet en trois dimensions créé par un artiste, ses proportions sont harmonieuses, ce qui me procure une émotion esthétique, le sentiment d'une grande beauté […], la sensation d'un vol rapide. […] Pendant vingt ans, l'artiste a travaillé à cette chose, la modifiant, l'épurant, pour arriver à cet état où les lignes et les formes sont l'expression d'un oiseau, les lignes suggérant son essor vers le ciel. »

d « La première ébauche a été taillée dans du marbre. À partir de ce marbre, il a été réalisé un moule en plâtre et à partir du moule un bronze a été coulé. […] C'est alors qu'avec des limes et des ciseaux M. Brancusi a taillé et travaillé cette pièce. »

e « Il ne ressemble pas à un oiseau mais je le ressens comme oiseau et il est défini par l'artiste comme un oiseau. »

Arguments de l'État	Arguments de la défense (Brancusi)	Choix
A) *« L'avez-vous vu faire ? »*	L'œuvre n'est pas manufacturée (pas fabriquée en série).	
B) *« Détenez-vous un certificat vous reconnaissant la qualité d'artiste ? »*	Une œuvre d'art est reconnue telle car elle a été créée par un artiste reconnu comme tel.	
C) *« Si vous l'aperceviez dans la rue, vous ne songeriez pas à l'appeler "oiseau" ? Si vous le voyiez dans une forêt, vous n'en prendriez pas une photo ? »*	L'art représente ce que le créateur et le récepteur veulent bien y voir.	
D) *« Voyez-vous une quelconque fonction utilitaire à cet objet ? Titre mis à part, dites-nous si ceci est une œuvre d'art et obéit à un principe esthétique. »*	Une œuvre d'art doit-elle être belle ? Elle est le fruit d'un travail et d'une émotion.	
E) *« Comment définissez-vous l'art ? »*	Il n'y a pas de définition pérenne et simple de l'œuvre d'art.	

Synthèse | Création, continuités et ruptures

La modernité en question

C'est le XVIIIe siècle qui fait du progrès une forme de libération de l'homme. Les découvertes dans nombre de domaines, la révolution industrielle et technique continueront à faire de la nouveauté une révolution positive. Ainsi, parfois en l'idéalisant, l'art rend compte de cette puissance créative qui pourra aussi être source de violence et de déshumanisation.

L'art, un continuel renouveau ?

Si l'histoire de l'art moderne semble se faire par le biais de ruptures avec le passé, celles-ci ont toujours existé : la création se définissant comme une recherche de nouveautés plus à même de rendre compte d'une époque. Mais la création ne peut se faire *ex nihilo* et il est vrai aussi que les artistes regardent vers le passé faisant de l'art un continuum. Néanmoins, l'art du XXe siècle semble déborder de ses définitions et frontières, prenant le risque de n'être que provocation ou de disparaître.

De nouveaux modes de pensée

Les crises que sont les deux guerres mondiales et l'exploitation ouvrière conduisent à repenser l'humain : nouveaux rapports sociaux, remise en question des modèles de pensée scientifiques, place inédite laissée à l'inconscient et à l'imaginaire, du XIXe au XXIe siècle, l'homme se redéfinit sans cesse.

Violences sociales, violences politiques

Histoire et conflits

L'histoire contemporaine est traversée par des violences inédites dans leur organisation. De toutes ces violences, l'art et la littérature témoignent. Ainsi en est-il de la littérature engagée au XXe siècle. On peut penser au célèbre poème d'Éluard, *Liberté*, poème largué la nuit pour redonner courage aux résistants, au *Silence de la mer*, nouvelle de Vercors publiée clandestinement en 1942 et qui met en scène le silence patriotique d'une famille face à l'occupant. Avec l'invention de l'arme nucléaire, la course aux armements n'est plus une préparation à la guerre, mais devient un moyen de dissuader l'adversaire. Aux XXe et XXIe siècles, le développement technologique modifie la nature de la guerre, comme l'illustre notamment l'usage du drone militaire.

Le XXe siècle est également marqué par le désir de certains peuples de mettre fin à des années d'oppression. Fanon, en pleine guerre d'Algérie, se prononce en faveur d'un anticolonialisme révolutionnaire. Mais la violence n'est pas toujours la voie choisie pour obtenir gain de cause. La marche du sel menée par Gandhi en 1930 pour protester contre le monopole britannique du sel s'inscrit dans un acte de **désobéissance civile** théorisée par Thoreau au XIXe siècle. La littérature devient aussi une arme de dénonciation : le concept de négritude, forgé en 1934 par Senghor, Damas et Césaire, sert à désigner un courant littéraire qui se veut politique en faveur de la défense des valeurs des peuples noirs, tout en révolutionnant la poésie qui s'enrichit alors d'une langue française aux accents du Sénégal, de la Guyane et de la Martinique. Ce mouvement ira bien au-delà de la sphère francophone. Aujourd'hui, les violences dont sont victimes certaines personnes sont mises en lumière sous l'impulsion du féminisme et des luttes contre l'homophobie.

Le concept de totalitarisme

Les violences extrêmes qui définissent le XXe siècle sont le fait de régimes totalitaires. Selon Arendt, le totalitarisme se définit par la transformation du peuple en une masse d'individus isolés, dirigés par le chef d'État. À la différence du régime tyrannique, le régime totalitaire ne repose pas sur une organisation pyramidale mais sur une accumulation de strates à partir du leader. Il ne se limite pas à un territoire déterminé, mais est à la recherche d'une domination mondiale sans limites. Le totalitarisme se caractérise par son culte du chef, sa propagande, son idéologie, par sa volonté de réglementer tous les aspects de la vie sociale. Se fondant sur la terreur, il use d'une

violence inouïe visible dans l'institution des camps de concentration, mais aussi des chambres à gaz pour ce qui est du nazisme. Le terme totalitarisme a été utilisé pour désigner les régimes fascistes, communistes et nazi, même si ces organisations comportent des différences indéniables.
Cette tentative de définition et de compréhension du totalitarisme se retrouve dans différentes œuvres dystopiques. Dans *1984* écrit en 1949, Orwell présente la société fictive de Big Brother comme l'héritière des totalitarismes historiques. Dans cette société de surveillance généralisée, l'institution de la novlangue permet d'endoctriner les individus en éliminant certains mots (comme celui de liberté) ou en modifiant le sens de certains termes. Cet État totalitaire, qui impose un bonheur normé au détriment de la liberté, se retrouve aussi chez Ionesco qui, en 1959, dans sa pièce *Rhinocéros*, cherche à démonter les rouages du fascisme.

Violence et droit

En théorie, le droit et l'État ont été notamment institués pour contenir les violences sociales et assurer la paix à l'intérieur et à l'extérieur de la nation. Mais on ne doit pas opposer de façon radicale le droit à la violence car la violence peut être au service du droit, y compris dans les régimes démocratiques. Selon Max Weber, « l'État dispose du monopole de la violence légitime ». Toutefois cette violence légitime peut être interrogée, voire critiquée.
Ce lien entre État et violence conduit Clausewitz à affirmer dès le XIXe siècle que « la guerre est la simple continuation de la politique par d'autres moyens ». Pour Arendt, l'existence de la guerre provient de l'absence d'instance politique capable de réglementer les conflits internationaux. Kenzabuô Ôé relate dans ses *Notes sur Hiroshima* ses voyages dans la ville atomisée. Il se questionne sur les instances morales ou politiques susceptibles d'assurer à l'avenir la paix dans le monde. Il constate de manière amère les luttes politiciennes des différents mouvements pour la paix, tandis que d'autres pays, comme la Chine, se dotent d'armes nucléaires faisant fi de la mémoire des morts. Le salut, pour lui, passe par le fait d'écouter la « sagesse » des gens d'Hiroshima qui, par leur « courage », permettront peut-être à l'homme d'ériger une nouvelle morale.

Vocabulaire

Désobéissance civile : transgression publique et pacifiste de la loi afin de dénoncer des violences institutionnalisées. C'est le philosophe Henry David Thoreau qui théorise cet acte au XIXe siècle, mais c'est au XXe siècle, face à l'institutionnalisation de certaines violences et discriminations, qu'elle a été un outil de revendication politique de droits.

Histoire et violence

L'humanisme en crise

L'histoire : un conte plein de bruit et de fureur ?

Les massacres qui traversent l'histoire contemporaine font voler en éclats l'idéal humaniste voyant dans la démocratisation de la raison une voie d'accès à un monde pacifié. Les **conceptions téléologiques ou finalistes** de l'histoire développées aux XVIIIe et XIXe siècles par des philosophes tels que Kant, Hegel et Marx se trouvent mises à mal car elles pourraient conduire, selon certains, à justifier les pires violences au nom d'un prétendu sens de l'histoire.

Car c'est bien le désespoir qui peut nous gagner face au constat d'une violence qui semble indéracinable. L'homme serait-il naturellement belliqueux ? Serait-il « un loup pour l'homme » pour reprendre une formule popularisée par Hobbes ? Force est de constater, écrit Freud au lendemain de la Première Guerre mondiale, qu'en dépit de tous ses efforts, la culture n'est pas encore parvenue à éradiquer la pulsion d'agressivité de l'homme. « Nous vivons un temps particulièrement curieux. Nous découvrons avec surprise que le progrès a conclu un pacte avec la barbarie. » Dans *Silence et langage*, Steiner se demande aussi si la culture peut être un rempart contre la barbarie : « On sait qu'un homme peut lire Goethe ou Rilke le soir, qu'il peut jouer Bach ou Schubert, et se rendre à son travail quotidien à Auschwitz le matin. » Au fond, l'histoire ne serait qu'un ressassement de moments chaotiques, comme en témoignent les pages d'Agrippa d'Aubigné sur les massacres de la Saint-Barthélemy, de Montaigne sur l'extermination des Amérindiens par les colons, ou encore de Boubacar Boris Diop sur le génocide des Tutsis au Rwanda dans *Murambi, le livre des ossements*.

Humain, inhumain

Le traumatisme causé par la Shoah, la capacité humaine d'autodestruction totale démontrée lors de l'explosion de la bombe atomique à Hiroshima le 6 août 1945, conduisent à s'interroger sur la notion d'humanité, mais aussi sur la manière dont il convient de qualifier ces formes de violence inédites au XXe siècle. Le juriste Raphael Lemkin invente le terme « génocide » pour décrire tout crime consistant en l'extermination d'un groupe

ethnique, national, religieux, en tant que tel. Ce terme sera admis par l'Assemblée générale des Nations unies le 9 décembre 1948. Pour qualifier les crimes contre l'humanité, le philosophe Jankélévitch parle de crimes « ontologiques » car ils visent l'essence même de l'homme : les juifs ont été persécutés non à cause de leurs opinions, mais pour ce qu'ils étaient. La Shoah (terme hébreu signifiant « catastrophe ») désigne l'assassinat systématique de millions de juifs durant la Seconde Guerre mondiale. Holocauste, dérivé du terme religieux éponyme, désigne la victime (animal sacrifié par le feu) et signifie destruction totale en parlant d'une collectivité. Le romancier Aharon Appelfeld, rescapé des camps, utilise pour sa part le terme « Anéantissement ».
Mais comment concevoir ces individus qui commettent des actes monstrueux ? Cette capacité à faire le mal est-elle le fait de monstres ou est-elle foncièrement humaine ? Lorsque la philosophe Hannah Arendt couvre en 1961 le procès d'Eichmann à Jérusalem, elle est frappée par son aspect ordinaire, par son allure de « bon fonctionnaire ». Elle parle de banalité du mal (expression qui fera polémique), non pour banaliser le mal commis, mais pour décrire une nouvelle forme de barbarie qui serait le produit de la bureaucratie moderne et de ses mécanismes d'obéissance aveugle à l'autorité.

« Le pardon est mort dans les camps de la mort »

Comment juger ces actes de violences inédits ? Cette question se posera notamment après la Seconde Guerre mondiale qui s'achève par la signature du traité de Paris en 1947, et qui voit l'organisation de procès pour juger les dirigeants de la puissance belligérante vaincue, comme celui de Nuremberg de novembre 1945 à octobre 1946. Plusieurs hauts responsables nazis échappent à la mise en accusation car ils sont morts ou en fuite. Face au projet d'une prescription des crimes nazis au-delà de vingt ans, le philosophe Jankélévitch prend la plume en 1965 dans un article qui fera date. Les crimes contre l'humanité sont, selon lui, imprescriptibles : le temps ne saurait les effacer. Contre la possible dérive négationniste, Jankélévitch lutte pour la mémoire de la Shoah.
Faut-il se souvenir ? Oublier ? Todorov, dans son essai *Les Abus de la mémoire*, s'interroge sur le devoir de mémoire devenu trop envahissant et qui, en nous faisant nous tourner vers le passé, nous empêche de nous mobiliser pour le présent. Qui doit se souvenir ? Pour Marc Augé, ceux qui ont été témoins ou victimes des événements que l'on ne veut pas oublier n'ont pas à y être assujettis. Au contraire, leur devoir – et leur salut, pourrait rajouter Kenzabuô Ôé –, serait d'oublier ce qu'ils ont vécu afin « d'échapper à la présence incessante d'une expérience incommunicable ».

Vocabulaire

Conceptions téléologiques : du grec *telos*, le « but », la « finalité ». Les conceptions téléologiques sont des **conceptions finalistes**. Appliquées à l'histoire, elles consistent à affirmer que l'histoire a une finalité et que l'on peut donc expliquer les événements en fonction de ce but.

Anselm Kiefer, *Homme sous une pyramide*, 1996.

L'art face aux crises des XXe et XXIe siècles

L'art et la question de la mémoire

L'art a-t-il droit de parole après la Shoah, après Hiroshima ? On qualifie de « littérature des camps » les témoignages livrés par les survivants décrivant l'expérience concentrationnaire et l'horreur. Mais les artistes rescapés des génocides, même s'ils tissent leurs œuvres de leur histoire, ne cherchent pas forcément uniquement à témoigner : Imre Kertész refuse d'être réduit au rang de rescapé, d'être réduit à un destin par les nazis et revendique un travail de romancier. Écrire sur ou à partir de ces anéantissements est aussi un moyen, selon Kenzabuô Ôé, de repenser l'humain et certaines valeurs comme le courage, redéfinition indispensable pour survivre à ces bouleversements.

Mais sans doute faut-il, selon Dalila Boitaud-Mazaudier, que le témoignage soit aussi pris en charge par ceux qui ne l'ont pas vécu. Dans sa pièce *Hagati Yacu* sur le génocide au Rwanda, elle a engagé des acteurs français et rwandais, ce qui a interrogé les spectateurs rwandais, souvent anciennes victimes. Mais l'auteure pense que c'est parce que la France a joué un rôle dans ce génocide qu'il faut qu'il soit porté par une double voix. Cette mémoire peut être aussi reconstruite de manière volontaire, ce dont témoignent la littérature ou les films de Jonathan Littell, qui utilise des archives pour construire son roman *Les Bienveillantes*, ou de Daniel Mendelsohn qui, dans *Les Disparus*, part à la recherche de son grand-oncle en Ukraine tout en reconstituant une époque qu'il n'a pas connue... *La Liste de Schindler* de Steven Spielberg ou *Le Pianiste* de Roman Polanski en sont d'autres exemples.

L'art et la question de l'indicible

Le langage n'est-il pas vain pour dire l'inhumain ? Souvent, c'est le silence qui est la première réponse aux violences. Car au traumatisme subi s'ajoute la peur de ne pas voir son message entendu, la peur que l'écriture fasse revivre l'horreur, comme en témoigne Jorge Semprún dans *L'Écriture ou la vie*. Mais certains décident de répondre « avec des mots machettes, [...] des mots couverts de sang et de merde », comme Cornelius, personnage du roman *Murambi, le livre des ossements* de Boubacar Boris Diop. Primo Levi, dans *Si c'est un homme*, cherche à témoigner le plus sobrement possible pour rester recevable ; finalement son suicide sera comme un ultime silence. Le dispositif scénique peut permettre de donner à vivre ce qui est à entendre. Dans sa mise en scène de *We Call it Love* de Felwine Sarr, texte qui s'interroge sur le pardon possible après les massacres rwandais, Denis Mpunga fait circuler les acteurs parmi les spectateurs, faisant de chaque acteur non pas « un personnage mais un témoin ». Cependant, donner à voir peut ne pas suffire : quand *Hagati Yacu* est joué devant des Rwandais, Dalila Boitaud-Mazaudier organise des groupes de paroles pour accompagner les spectateurs, car certains, ne faisant plus la différence entre réel et fiction, venaient frapper les acteurs tandis que d'autres finissaient par admirer les bourreaux.

Les violences vécues sont énoncées dans différents genres, y compris la comédie, avec *La Vie est belle* de Roberto Benigni relatant l'enfermement d'un père et de son fils dans un camp nazi, film qui a suscité de nombreuses polémiques. Pour le cinéaste Claude Lanzmann, auteur du documentaire *Shoah* en 1985, toute fiction sur la Shoah est indécente. On peut également considérer que même si les travaux des historiens sont indispensables, l'art participe de la mémoire collective.

Violenter l'art

Pour Aharon Appelfeld, « la littérature de témoignage » échoue à rendre compte de l'horreur car elle ne fait de l'Anéantissement qu'un « épisode tragique » à ranger dans un coin, au nom de la vie. Il faut donc trouver « une expression nouvelle » pour « donner forme » à cette expérience.

C'est à cette déconstruction du langage que s'attaquent Ionesco ou encore Beckett dont les dernières pièces ne sont plus que notations gestuelles. Langage vidé de sens, syntaxe mise à mal sont les caractéristiques du théâtre de l'absurde, mais aussi d'écritures nouvelles, comme celle du **Nouveau Roman**.

Beaucoup de dramaturges anglais ont aussi cherché une nouvelle forme de tragédie pour dire ce mal. Souvent héritier du théâtre de la cruauté d'Antonin Artaud, Maurice Blanchot a qualifié ce genre d'écriture d'« écriture du désastre ». Élisabeth Angel-Perez quant à elle parle de « théâtre du traumatisme ». Le critique anglais Aleks Sierz évoque un théâtre « *In-Yer-Face* », ou théâtre coup de poing cherchant à violenter le spectateur, comme celui de Sarah Kane qui choisit de représenter l'obscène (scènes de viol, d'anthropophagie). Dans ce théâtre post-Shoah, la violence verbale et scénique se fait l'écho d'une violence morale propre aux XXe et XXIe siècles. Cet art violenté pose des questions de réception : est-il expérience traumatique permettant de transmettre l'indicible et amenant une forme de **catharsis**, ou au contraire inopérant car trop violent ?

Vocabulaire

Nouveau Roman : appellation donnée par la critique à un ensemble d'écrivains qui, dans les années 1950-1960 ont remis en cause les codes du roman du XIXe siècle. Sont contestés l'intrigue, le personnage, la notion de héros, la volonté de réalisme et de cohérence, l'omniscience de l'écrivain. La vie intérieure de l'individu devient le cœur du récit.

Catharsis : du grec *catharsis*, « purification ». Au théâtre, pour Aristote : purification de l'âme des passions du spectateur par la terreur et la pitié qu'il éprouve devant le spectacle d'une destinée tragique et par le spectacle du châtiment du coupable.

Exercices

01 L'expérience de Milgram

Entre 1960 et 1963, le psychologue américain Stanley Milgram publie une annonce dans un journal afin de recruter des personnes pour participer à une expérience scientifique. La rémunération est de 4 dollars plus 50 cents pour les déplacements (à l'époque le revenu mensuel moyen est de 100 dollars). Cette expérience a lieu dans les locaux de la prestigieuse université de Yale.

Procédure : on fait croire aux participants que l'on réalise une expérience sur la mémoire et que l'on cherche à tester les effets de la punition sur le processus d'apprentissage. Le sujet tire « au hasard » un papier sur lequel est inscrit le rôle qu'il tiendra durant l'expérience (le tirage au sort est truqué, il sera forcément le professeur). On demande donc au sujet, qui tiendra obligatoirement le rôle du professeur, de faire apprendre des paires de mots (comme « chapeau – ballon ») à son élève qui est en fait un complice de l'expérimentateur. Si l'élève donne une mauvaise réponse, le professeur doit lui administrer un choc électrique croissant de 15 volts à chaque erreur et cela de 15 jusqu'à 450 volts, puissance pour laquelle il est d'ailleurs indiqué « danger ». Les chocs électriques ne sont pas réels, mais le professeur ne le sait pas.

Résultats : lors des premières expériences, 62,5 % (25 sur 40) des sujets ont mené l'expérience à terme en infligeant à trois reprises les prétendus électrochocs de 450 volts. Tous les participants ont accepté le principe annoncé et ont atteint au minimum la puissance supposée de 135 volts. La moyenne des prétendus chocs maximaux a été 360 volts. Toutefois, chaque participant s'est interrompu à un moment ou à un autre pour questionner l'expérimentateur et a présenté des signes de nervosité extrême.

1) Quels sont les facteurs qui expliquent le pourcentage important de personnes acceptant le principe de cette expérience ?

2) Milgram propose des variantes de cette expérience.

Variante A : au cours de l'expérience, il y a contact physique entre l'élève et le professeur puisque ce dernier doit le contraindre par la force à poser ses mains sur une plaque censée délivrer des chocs électriques. Pourquoi, selon vous, n'y a-t-il plus que 30 % des sujets à infliger des décharges allant jusqu'à 450 volts ?

Variante B : l'expérimentateur est absent lors de l'expérience. Pourquoi, selon vous, n'y a-t-il plus que 20 % des sujets à infliger des décharges allant jusqu'à 450 volts ?

Variante C : deux expérimentateurs sont présents, mais s'opposent : l'un dit au professeur de continuer, l'autre est contre. Pourquoi, selon vous, aucun sujet n'inflige de décharges allant jusqu'à 450 volts ?

02 Violenter l'écriture et le spectateur, seul moyen de faire mémoire ?

Anéantis, pièce de Sarah Kane, mise en scène pour la première fois en 1995

La pièce de Sarah Kane, *Anéantis*, adopte une structure binaire : le viol d'une jeune fille dans une chambre d'hôtel à Leeds est suivi d'une bombe qui fait exploser par surprise le décor, le texte, et plonge la chambre d'hôtel dans la guerre et ses abominations.

Sarah Kane à propos de sa pièce : « À l'origine j'écrivais une pièce sur deux personnes dans une chambre d'hôtel, entre lesquelles il y avait un rapport de pouvoir complètement déséquilibré qui conduisait l'homme plus âgé à violer la jeune femme. [...] À un certain moment dans les deux premières semaines de rédaction [en mars 1993], j'ai allumé la télévision. Srebrenica était en état de siège. Une vieille femme regardait la caméra en pleurant. Elle disait : "S'il vous plaît, s'il vous plaît, quelqu'un doit nous aider. Quelqu'un doit faire quelque chose." Je savais que personne ne ferait quoi que ce soit. Tout d'un coup, je n'étais plus du tout intéressée par la pièce que j'écrivais. Je voulais écrire à propos de ce que je venais de voir à la télévision. Alors mon dilemme était le suivant : est-ce que je devais abandonner ma pièce (même si j'avais déjà écrit une scène que je trouvais très bonne) pour passer à un sujet que je trouvais plus urgent ? Lentement, je me suis rendu compte que la pièce que j'étais en train d'écrire parlait déjà de ce sujet. [...] Je me demandai : "Quelle connexion pourrait-il bien y avoir entre un viol banal dans une chambre d'hôtel à Leeds et ce qui se passe en Bosnie ?" Et puis soudain j'ai compris, j'ai pensé : "Bien sûr, c'est évident. L'un est la graine et l'autre est l'arbre." [...] La tension de la première partie, cette épouvantable tension sociale, psychologique et sexuelle est presque une prémonition du désastre à venir. Et quand il arrive, la structure [de la pièce] se disloque pour lui donner accès. »

Propos cités par Aleks Sierz, *In-Yer-Face Theatre: British Drama Today*, Faber & Faber, 2001.

A) Soulignez dans ce texte les passages qui correspondent aux arguments suivants :

1) Le théâtre est le lieu d'une révélation traumatique.

2) Le trauma intime, individuel est lié au trauma collectif.

3) Le théâtre se déstructure pour épouser la violence qu'il montre et dont le spectateur doit faire l'expérience pour qu'elle fasse partie de sa mémoire.

B) En quoi la transposition dansée du mythe de Médée d'Angelin Preljocaj fait-elle écho au projet de Sarah Kane ?

Le Songe de Médée, « Le meurtre des enfants » (voir sur YouTube la vidéo extraite du spectacle de l'Opéra de Paris de 2007.

https://www.youtube.com/watch?v=BNTaZb-OO6k

03 Trop esthétique ?

Sebastião Salgado, *Pendant la grande famine du Sahel*, Éthiopie, 1985.

Après une nuit de marche, au petit matin, les réfugiés se cachent sous les arbres pour échapper à la surveillance des avions éthiopiens. Le gouvernement veut éviter que la population du Tigré passe au Soudan. Cette photographie de Sebastião Salgado a été d'abord publiée par la presse internationale, avant de prendre place dans son ouvrage rassemblant cette série, *Sahel : l'homme en détresse*. Aujourd'hui, elle est exposée dans des galeries et institutions muséales. Salgado se propose de témoigner pour que des solutions soient trouvées.

Cette photo a été le sujet de nombreuses controverses mettant en question le rapport entre sa forme et son contenu. Vous vous aiderez des arguments suivants pour répondre à la question : la photo d'art est-elle susceptible de rendre compte de la souffrance ?

- **Esthétisation de la misère qui abolit le sujet de la photo ? Ou esthétisation qui empêche le pathos, le voyeurisme, et pousse à la réflexion ?**
- **Mysticisme et lyrisme qui entravent la compréhension du réel ou qui apportent de la sensibilité ?**
- **Style et esthétisme (distance/composition de divers plans qui nous éloignent) qui visent à présenter l'événement comme universel ou qui affadissent la violence que vivent ces réfugiés ? (« Si vos photos ne sont pas bonnes, c'est que vous n'êtes pas assez près », Robert Capa.)**
- **Un cliché qui fait œuvre pour servir l'artiste Salgado ou pour insérer cette situation dans une réflexion sur l'humain plus construite ? « Je ne travaille pas sur une seule image, mais pour un ensemble qui essaye de raconter », dit le photographe.**
- **Utiliser le noir et le blanc, c'est mettre à distance et esthétiser la souffrance, ou cela relève d'une esthétique de la réserve, d'une « morale du regard » qui témoigne de la souffrance des autres de manière retenue ?**

Exercices

04 Comment témoigner de la souffrance et de la violence ?

En vous aidant des arguments et des exemples proposés et aussi du cours, vous répondrez à la question suivante : quels sont pour vous les meilleurs moyens de témoigner de la Shoah ?

A

Extrait en vidéo

La vie est belle **de Roberto Benigni (1997), ou conjurer par le rire l'idée de la barbarie**

Ce film retrace l'histoire douloureuse de Guido et de son fils dans un camp de concentration allemand. Le père va cacher la vérité à son fils et lui faire croire que ce qu'ils vivent n'est en fait qu'un grand jeu.

B

Bande annonce

Shoah **de Claude Lanzmann (1985)**

Avec *Shoah*, le cinéaste, qui refusait toute fiction sur le sujet, a inscrit le génocide juif dans la mémoire collective. Claude Lanzmann réfutait la qualification de documentaire pour son chef-d'œuvre monumental (10 h 13 !) sorti en 1985. Ce film, à ses yeux, n'appartenait à aucune catégorie. Dépourvu d'images d'archives, exclusivement composé de témoignages de survivants des camps de la mort, mais également de criminels nazis (certains captés en caméra cachée), ce très long métrage est, comme il a été justement dit, « la sépulture qui manquait au peuple juif ».

05 La désobéissance à la loi

Le 5 avril 1971, 343 femmes – rebaptisées familièrement les « 343 salopes » par *Charlie Hebdo* –, réclament le droit à l'avortement dans un manifeste publié dans *Le Nouvel Observateur*. Rédigé par Simone de Beauvoir, ce manifeste commence ainsi : « Un million de femmes se font avorter chaque année en France. Elles le font dans des conditions dangereuses en raison de la clandestinité à laquelle elles sont condamnées, alors que cette opération, pratiquée sous contrôle médical, est des plus simples. On fait le silence sur ces millions de femmes. Je déclare que je suis l'une d'elles. Je déclare avoir avorté. De même que nous réclamons le libre accès aux moyens anticonceptionnels, nous réclamons l'avortement libre. »

Dans quelle mesure ce manifeste illustre-t-il la notion de désobéissance civile développée par Thoreau ?

Synthèse | Histoire et violence

Violences sociales, violences politiques

Si l'un des objectifs de l'État est de pacifier les relations au sein de la société, il peut user de la violence pour faire respecter l'ordre. Toutefois cette violence légitime peut être interrogée et doit être distinguée d'autres formes de violences extrêmes qui jalonnent le XXe siècle. Le totalitarisme se fonde sur la terreur et a conduit à l'extermination de peuples. Le XXe siècle est aussi traversé par des revendications de certains peuples qui cherchent à retrouver leur autonomie. Certains d'entre eux utilisent comme mode de contestation la désobéissance civile.

L'art face aux crises des XXe et XXIe siècles

Comment rendre compte de ces violences ? La création artistique pourrait offrir un espace pour se souvenir, comme l'illustre la littérature des camps. La fiction est aussi parfois employée à cette fin. Mais ce détour par la fiction ne peut-il pas être qualifié d'obscène ? Enfin, c'est l'art lui-même qui se trouve violenté dans ses formes pour tenter de traduire les violences inouïes du XXe siècle.

L'humanisme en crise

Les violences extrêmes qui traversent le XXe siècle ont pu engendrer le désespoir, car la civilisation est aussi bien ce qui a permis la création de grandes œuvres que l'extermination de groupes ethniques. Parce que ces génocides ont été perpétrés par des hommes, c'est la notion même d'humanité qui se trouve questionnée. Comment rendre hommage à tous ces individus exterminés ? La notion de devoir de mémoire se révèle essentielle, mais elle ne doit pas nous empêcher de nous mobiliser au présent.

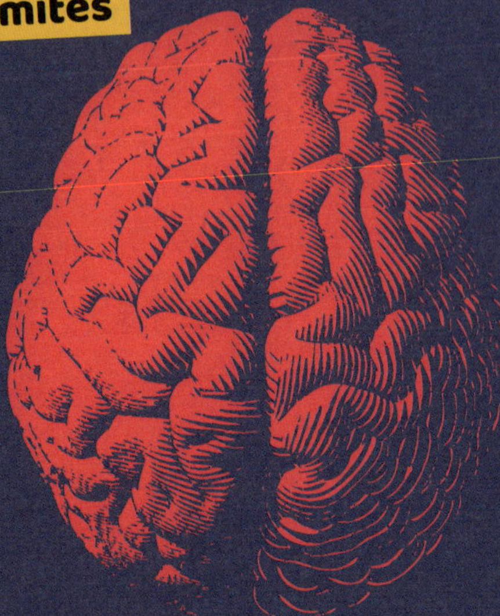

L'homme et la technique

L'homme : un *homo Faber*

Ce qui distingue l'être humain des autres espèces vivantes, c'est sa capacité à élaborer des techniques, à fabriquer des outils. Tel est le sens du mythe de Prométhée. Épiméthée, chargé de répartir les capacités au sein du monde vivant, oublie dans sa précipitation l'homme qui se retrouve « nu » et « sans armes ». Prométhée vole alors le feu aux dieux, et donne ainsi à l'homme la technique, le « savoir qui concerne la vie », sans quoi il aurait péri.
Grâce à cette technique, il peut fabriquer des outils lui permettant de se simplifier la vie, d'augmenter ses capacités et de réaliser ses désirs. Ainsi Bergson fait-il de l'homme « un *homo faber* » et définit l'intelligence comme « la faculté de fabriquer des objets artificiels, en particulier des outils à faire des outils, et d'en varier indéfiniment la fabrication ». Dans les mythes, et dans l'imaginaire collectif, on retrouve cette image de l'*homo faber* : inventeurs scientifiques dans les romans de Jules Vernes, ou innovateurs grâce au monolithe mystérieux de *2001 : l'Odyssée de l'espace* de Kubrick. L'*homo faber* est célébré au XIXe siècle suite aux bouleversements technologiques de l'époque, par Lamartine notamment : « Il en est des inventeurs de machines industrielles comme des inventeurs de vérités religieuses, politiques ou morales : ils sont les grands révolutionnaires de la matière. »

La technique : vecteur de progrès

Du grec *technè*, la technique renvoie étymologiquement à un savoir-faire efficace et désigne tous les moyens imaginés et acquis par les êtres humains pour parvenir à leurs fins et dépasser les capacités ou incapacités naturelles du corps. Si pendant longtemps on a opposé la science, théorique, à la technique, plus utilitaire, dès la Renaissance la science est valorisée quand elle a un aspect utilitaire car elle permet d'établir des projets d'envergure : « savoir, c'est pouvoir » a dit le philosophe Francis Bacon à la fin du XVIe siècle. De plus en plus associée à la technique, la science finit par s'unir à elle au XXe siècle dans le concept de technoscience où se lit l'augmentation de notre pouvoir. Ainsi, l'idéologie progressiste des Lumières semble s'accomplir : il devient possible d'explorer l'espace, l'infiniment petit, de comprendre le fonctionnement du corps...

Ce désir de conquête, cet appétit d'aller au-delà des limites de l'humain, est interrogé ou imaginé grâce au genre de la science-fiction, accueilli par les romans d'abord, puis par la bande dessinée et les films. Coloniser d'autres planètes comme Mars dans *Chroniques martiennes* de Ray Bradbury (1950), se transporter dans un autre corps grâce à un caisson comme dans *Avatar* de James Cameron (2009), sont des exemples de la propension de l'homme à excéder ses limites. Si recherches et innovations ont pu nourrir l'imaginaire, la **science fiction (SF)** nous éclaire à son tour sur les futurs possibles. Le ministère des Armées a dernièrement lancé un recrutement d'auteurs de science-fiction pour imaginer des « scénarios de disruption » et « préparer les technologies et innovations qui seront nécessaires [aux] futurs systèmes d'armement »...

Un monde redéfini par la technique

Au XIXe siècle, l'industrialisation de l'Europe la transforme en une société technicienne. La technique n'est pas seulement un moyen par lequel l'homme dompte la nature pour en tirer sa subsistance, elle transforme également notre environnement en un univers technique, artificialisé.

Si la mise en place de techniques de production, la division et la mécanisation du travail ont pu être pensées par Adam Smith au XVIIe siècle comme des facteurs de libération en permettant de rationaliser le travail, la technique a aussi été considérée comme un facteur d'oppression sociale. Dans le système capitaliste, les ouvriers sont, selon Marx, exploités mais aussi aliénés, au sens où ils deviennent étrangers à eux-mêmes et au produit de leur travail. Comme en son temps Zola dénonçait le travail à la mine, Chaplin le taylorisme avec *Les Temps modernes*, Élisabeth Filhol, dans *La Centrale* (2010), met à jour l'aliénation due aux conditions de travail dans les centrales nucléaires, notamment lors de l'arrêt de tranche, où les effectifs sont doublés par des intérimaires, de la « chair à neutrons » qu'on expose « en première ligne ».

À cette aliénation s'ajoute la peur de voir l'homme remplacé dans son travail par des machines, comme c'est déjà le cas pour les caisses de supermarché, les lignes de métro automatiques... Ce monde de plus en plus automatisé est aussi de plus en plus investi par le numérique. Le téléphone portable, emblématique de la génération « Petite Poucette » selon Michel Serres, offre un pouvoir considérable autant qu'il conduit à moins d'authenticité en raison de la dépendance qu'il génère.

Vocabulaire

SF (science fiction) : apparu en 1851 aux États-Unis et relevant de ce que l'on a appelé au départ « utopie », « dystopie », « anticipation », ce terme désigne des fictions narratives reposant sur des progrès scientifiques ou techniques, réels ou imaginés, et en développent les conséquences, heureuses ou non.

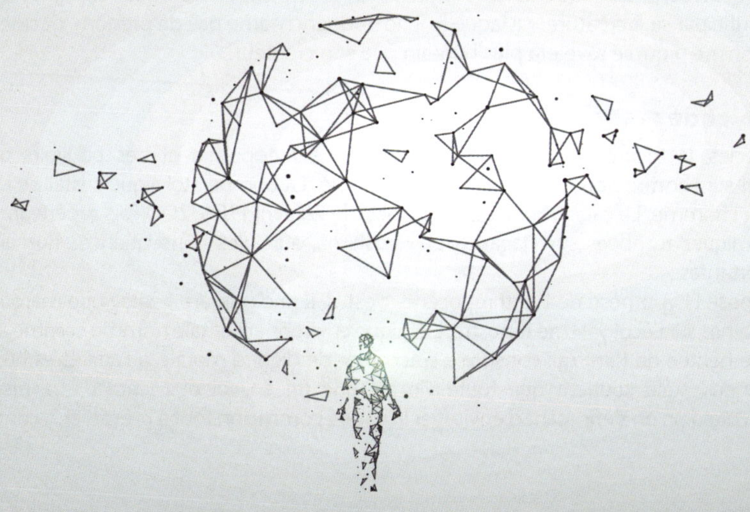

L'humain et ses limites

Technique et nature

Se rendre « comme maître et possesseur de la nature »

Au XVIIe siècle, Descartes affirme que, grâce à la science et à la technique, l'homme peut se rendre « maître et possesseur de la nature ». Cette formule passée à la postérité renvoie notamment à la médecine qui cherche à soigner un corps naturellement vulnérable, soumis aux aléas de la maladie. Le XIXe siècle semble avoir réalisé ce rêve cartésien. Mais cela ne comporte-t-il pas un risque ? Déjà le mythe de Prométhée nous alertait : il nous montrait que toute conquête de pouvoir sur le réel est transgression car les hommes s'approprient une puissance qui n'est pas la leur. Prométhée sera puni, destiné à avoir le foie dévoré chaque jour par un vautour. Dans la Bible, Dieu empêche les hommes de construire jusqu'au ciel leur tour de Babel en leur donnant des langues différentes. Le défi de l'homme aux dieux au moyen de la technique se rencontre dans toutes les cultures, et sera repris dans la littérature fantastique ou d'anticipation, dans une perspective souvent athée, à savoir la remise en question de notre condition humaine. C'est ce qu'interroge en 1818 le roman de Mary Shelley, *Frankenstein ou le Prométhée moderne*, dans lequel le Dr Frankenstein crée à partir de bouts de cadavres un nouvel être. Frankenstein, horrifié par sa « créature » à laquelle il ne donnera même pas de prénom, décide de l'abandonner, mais c'est le « monstre » qui se révélera plus humain que son créateur.

La nature : objet de respect ?

Au cours des siècles, la technique semble avoir atteint une autonomie et des pouvoirs propres ayant des répercussions tant sur l'homme que sur la nature ou la société. La bombe atomique cristallise l'idée de puissance technique fatale à l'homme. La catastrophe de Tchernobyl, le 26 avril 1986, 200 fois supérieure par ses radiations aux bombes atomiques tombées sur Nagasaki et Hiroshima, aura des conséquences humaines, politiques et écologiques importantes.

Le XXIe siècle impose l'hypothèse de l'Anthropocène, c'est-à-dire d'une ère géologique marquée par l'incidence des activités humaines sur l'écosystème terrestre. L'éthique environnementale nomme comme anthropocentrique la position morale héritée de Kant qui consiste à n'accorder de dignité morale qu'aux êtres humains. À l'inverse, l'éthique environnementale soutient que toute vie est une fin en soi et mérite d'être respectée pour cela. L'écocentrisme va plus loin en s'efforçant d'envisager la nature comme un tout à préserver, y compris le non-vivant.

Cette prise de conscience a conduit certains à prôner un retour à la nature compris comme un mode de vie plus sauvage. Au XIXe siècle, le philosophe américain David Thoreau propose, dans *Walden ou la vie dans les bois*, le récit de deux années passées au bord de l'étang de Walden, dans le Massachusetts. C'est une nature comme espace vécu et non comme espace à gérer, à transformer, dont il est question, comme dans les œuvres qui, après *Walden*, seront perçues comme un genre et que les Américains nomment *nature writing*. L'attention à la nature, dans ce qu'elle offre d'expériences sensibles, née avec le romantisme, se prolonge jusqu'à aujourd'hui grâce à la poésie, mais aussi avec le *land art*. Ce courant, né dans les années 1960 aux États-Unis, souhaite sortir l'art des musées. La nature n'est plus simplement représentée : c'est au cœur d'elle-même (*in situ*) que les créateurs travaillent. La nature enfin est au cœur du cheminement physique, spirituel, littéraire, de nombreux écrivains qu'on a pu appeler parfois les écrivains voyageurs : Stevenson en Ardèche, Tesson en Sibérie, arpentent le monde portés par cette triple quête.

Des limites à instaurer en vue des générations futures

Comment préserver cette nature en danger ? Proclamée en 1982 sous l'égide des Nations unies, la *Charte mondiale de la nature* affirme que les gouvernements ont la responsabilité de léguer aux générations futures une planète qu'ils puissent habiter dignement. Aujourd'hui en France, la notion de crime d'écocide est en débat. Ce constat d'une nature menacée a été porté par le philosophe Hans Jonas dès 1979 dans *Le Principe responsabilité*. Selon lui, la croyance dans un progrès forcément positif est révolue car nous savons que notre technologie peut avoir des effets irréversibles sur la nature. L'homme a donc une responsabilité vis-à-vis des générations futures. Comme cette apocalypse reste pour nous virtuelle, il faut trouver un levier d'action. Il passe, selon Jonas, par une **heuristique** de la peur car la peur peut être une faculté de connaissance. Nul ne connaît les maux réels dont notre technologie menace l'humanité, nous devons donc les imaginer et mobiliser des sentiments adéquats à ces maux imaginés. Cette éthique de la responsabilité se retrouve dans une certaine mesure dans le principe de précaution, défini lors du sommet de Rio de 1992 et visant à prendre des mesures anticipatives de gestion de risques.

Une grande partie des œuvres d'anticipation sont des dystopies ou proposent des scénarios catastrophes : cyclone, pandémie, terre dévastée... une manière de rendre plus directe et sensible une destruction dont nous nous sentons parfois très éloignés.

Vocabulaire

Heuristique : est ce qui aide à la découverte. L'heuristique de la peur indique que la peur est un instrument de connaissance. Il s'agit de se faire peur, au moyen de représentations apocalyptiques et d'une mise en condition volontaire, pour apprendre à connaître ce qui est mal. Une fois que nous entrevoyons le mal, nous pouvons l'opposer au bien et tenter d'en tirer des principes.

L'humain et ses limites

Vers une redéfinition de l'humain

Ce qui est techniquement possible est-il moralement souhaitable ?

Les innovations technologiques au XXe puis au XXIe siècle touchent l'être humain plus directement encore. Grâce aux sciences et aux techniques, il est possible de réparer les corps, les visages dévastés par la guerre, comme le montre la chirurgie faciale développée lors de la Première Guerre mondiale pour réparer les « gueules cassées ». Depuis quelques années, il est possible, même si les risques de rejet sont importants, de procéder à des greffes de visage pour le reconstruire en partie ou en totalité. Cette capacité de modification à loisir de son apparence se retrouve chez la plasticienne française Orlan, connue pour avoir lancé le mouvement artistique de « l'art charnel ». À travers les opérations chirurgicales qu'elle fait subir à son corps, elle questionne notamment le statut du corps de la femme dans le monde ainsi que la définition de l'identité.
Ces nouvelles possibilités techniques engendrent des réactions contrastées. Le rôle de la bioéthique, apparue dans les années 1960, est de réfléchir à l'impact de ces possibilités techniques sur le vivant. Peut-on ainsi faire ce que l'on veut de son corps ? Ou faut-il poser des limites morales et juridiques ? La question de la gestation pour autrui (GPA), appelée plus familièrement « mère porteuse », est souvent en débat. En France, la GPA est interdite en vertu du principe de dignité inscrit dans le Code civil depuis 1994 et qui stipule que le corps et ses éléments ne peuvent faire l'objet d'un commerce. Le philosophe Ruwen Ogien estime que l'interdiction relève du paternalisme, d'une intrusion abusive de l'État dans la vie personnelle. La philosophe Sylviane Agacinski, quant à elle, s'inquiète de cette marchandisation possible du corps conduisant à traiter les femmes comme « des fours à bébé ».

Posthumain, transhumain (encore humain ?)

Les possibilités technologiques peuvent conduire à envisager un futur où l'homme pourrait devenir immortel, dépasser la souffrance, le vieillissement, le handicap. Telle est l'idée portée par le mouvement transhumaniste, venu de la Silicon Valley et populaire en France depuis une quinzaine d'années. Ce mouvement imagine un avenir

où l'homme, débarrassé de sa dépouille mortelle, pourrait se transférer sur des puces de silicium, inaugurant le règne des **cyborgs**, du posthumain, des humains augmentés. Serait ainsi accompli le désir d'immortalité qui anime l'homme depuis ses origines, comme en attestent les mythes et les religions.
Mais une intelligence artificielle, un robot, peuvent-ils au-delà de leurs algorithmes secréter des émotions, des pensées ? La frontière ténue qui pourrait séparer l'homme de la machine est déjà au cœur de *L'Homme au sable*, nouvelle d'E. T. A. Hoffmann parue en 1817 dans laquelle le héros Nathanaël tombe amoureux de la fille de son professeur de physique, Olympia, qui n'est autre qu'un automate. La série *Real Humans* propose un monde dans lequel les humains peuvent se faire aider par des hubots, mot valise compactant les termes « humain » et « robot »...
Au-delà des enjeux techniques, c'est à des considérations éthiques que se heurte aujourd'hui la science. Pourquoi ne pas profiter par exemple des médicaments administrés dans le traitement d'Alzheimer pour augmenter sa propre mémoire ? Pourquoi ne pas passer d'une science réparatrice à une science augmentatrice des potentialités de l'être humain ?

La finitude est-elle constitutive de l'humanité ?

Pour le philosophe Jean-Michel Besnier, le transhumanisme est une idéologie mortifère. Le désir de dépasser la condition humaine et donc sa **finitude** provient, selon le philosophe Gustav Anders, du désir d'égaler les machines. Car lorsque l'homme compare sa condition à la toute-puissance de la machine, il éprouve une « honte prométhéenne ». Depuis des années maintenant, IBM, Google et Microsoft ont inventé des programmes capables de tenir de courtes conversations avec un humain ou de battre ce dernier aux échecs. Isaac Asimov met en scène cette crainte d'être remplacé par des machines dans sa nouvelle *Ségrégationniste* (1965), dans laquelle on apprend que les individus de l'élite humaine ont la possibilité de remplacer leurs organes défaillants par d'autres en métal, y compris le cœur, faisant d'eux de potentiels « métallos », nom donné aux robots depuis qu'ils ont acquis la citoyenneté.
Dans ce désir d'égaler voire de dépasser la machine, ce qui se perd, justement, c'est l'une des caractéristiques majeures de l'homme, à savoir sa vulnérabilité, sa finitude. Pour les existentialistes, la finitude est constitutive de notre être. Elle ne se réduit pas à la mortalité, mais désigne cette capacité à choisir en renonçant à certaines choses. Car « la liberté est choix, et tout choix suppose élimination et sélection ; tout choix est choix de la finitude ». L'homme est un être fini qui fait l'expérience de l'illimité.

Vocabulaire

Cyborg : le terme vient de l'anglais *cybernetic organism* et signifie « organisme cybernétique ». Les êtres humains ayant reçu une greffe de parties électroniques sont qualifiés de cyborg. Ce terme est très présent dans le courant transhumaniste qui envisage la possibilité que nous devenions tous des cyborgs afin d'augmenter nos capacités.

Finitude : la notion de finitude qualifie ce qui est fini, ce qui comporte une limite. La finitude peut concerner la limitation de nos facultés de connaissance, mais aussi le fait que notre existence est limitée par la mort. La prise de conscience de la finitude peut s'accompagner chez l'homme d'une certaine angoisse.

Exercices

01 *Her* : peut-on aimer une machine ?

Bande annonce

Los Angeles, dans un futur proche. Theodore Twombly, un homme sensible, est inconsolable suite à une rupture difficile. Il fait l'acquisition d'un programme informatique ultramoderne, capable de s'adapter à la personnalité de chaque utilisateur. En lançant le système, il fait la connaissance de Samantha, une voix féminine intelligente, intuitive et étonnamment drôle. Les besoins et les désirs de Samantha grandissent et évoluent, tout comme ceux de Theodore, et peu à peu, ils tombent amoureux...

Après avoir visionné la bande annonce et en vous fondant sur votre propre réflexion, répondez aux questions suivantes :

1) Quelles sont les raisons qui apparaissent dans la bande annonce pour expliquer le sentiment qui naît entre le personnage et le système informatique ?

2) Qu'est-ce qui fait obstacle à cette relation ? Manquerait-il quelque chose à un programme, pourvu d'un corps identique au corps humain pour pouvoir tomber amoureux ?

02 Demain, tous cyborgs ?

Si pendant longtemps les cyborgs ont peuplé les œuvres de science fiction, l'essor des nouvelles technologies au XXe siècle a fait apparaître l'idée d'un monde peuplé de ces créatures, qui seraient une fusion de l'être organique et de la machine.

A — L'affaire Pistorius

Oscar Pistorius est un athlète sud-africain né sans péronés qui a été amputé des deux jambes au-dessous du genou à l'âge de 11 mois. Handicapé physique, il a été équipé de prothèses en fibre de carbone. Il s'autoproclame le *blade runner*. Il est médaillé d'or aux 200 mètres lors des Jeux paralympiques d'Athènes en 2004. En 2008, il demande à courir « normalement » aux Jeux olympiques de Pékin. En 2012, aux Jeux paralympiques de Londres, il a couru le 400 m en 46 sec 68.

1) Le cas Pistorius divise les experts. Pour quelle raison ?

2) Face à la demande de l'athlète de participer aux JO en 2008 et non aux Jeux paralympiques, quelle décision auriez-vous prise à la place des experts ? Justifiez votre réponse.

B — Entendre les couleurs

Neil Harbisson est atteint d'achromatopsie, c'est-à-dire d'un daltonisme total. Après avoir assisté à une conférence sur la cybernétique et sur la possibilité d'extensions sensorielles *via* cette science, il s'entretient avec Adam Montadon, le conférencier, et tous deux vont travailler sur le projet d'une antenne. Grâce à cette antenne implantée dans sa tête, il peut entendre les couleurs et même percevoir les ultra-violets.

Après avoir visionné cet extrait, répondez aux questions suivantes :

1) Qu'est-ce qui fait de Neil Harbisson un cyborg ? Pourquoi demande-t-il à ce que figure sur son passeport une photo de lui avec son antenne ?

2) Peut-on considérer que c'est un humain augmenté ?

3) Qu'apporte à Neil Harbisson cette possibilité d'entendre les couleurs ?

03 L'expérience de pensée du dernier humain de Richard Routley : Mr Last Man

À la suite d'une catastrophe mondiale, Mr Last Man est le dernier représentant de l'espèce humaine. Se sachant condamné à mourir bientôt, il décide d'exterminer le plus grand nombre d'espèces animales et végétales, de soumettre toutes les terres cultivables à une culture intensive, de raser toutes les forêts qui restent à la surface de la Terre, en établissant à leur place des carrières ou des plantations.

Répondez aux questions suivantes :

1) Quels sont, à votre avis, les arguments que Mr Last Man peut utiliser pour justifier ses décisions et ses actes ?

2) Ce comportement est-il moralement inacceptable ?

3) Et vous, que feriez-vous ?

4) Faut-il protéger la nature indépendamment de nos besoins ?

04 Les avancées techniques, libératrices ?

« Je suis profondément convaincu que les techniques sont en règle générale plus libératrices que castratrices ou déshumanisantes. [...] Prenons l'exemple du diagnostic prénatal. Il me paraît absolument normal que ceux qui attendent un enfant puissent savoir si cet enfant est atteint ou non d'une maladie héréditaire comme la trisomie. Connaître avec exactitude la situation du fœtus est en effet l'élément essentiel dont les parents ont besoin pour prendre leur décision. Cette information laisse entière leur liberté. Chacun doit pouvoir refuser un avortement thérapeutique, et choisir, en toute connaissance de cause, de mettre au monde un enfant handicapé. Car plier l'homme à la nature est la pire des aliénations [...]. Rien n'est plus illusoire que cette nature supposée harmonieuse, équilibrée et pourvue d'une sorte de sagesse interne. On peut soutenir avec autant d'arguments que la nature est menaçante, désordonnée et cruelle. En fait, aucune de ces images mythiques ne tient longtemps à l'analyse. Mieux vaut comprendre que "la nature" n'a jamais existé : elle a toujours été travaillée, façonnée par les mains humaines. Si elle l'est aujourd'hui davantage, ce n'est pas une raison pour condamner l'industrie en brandissant l'épouvantail d'une apocalypse du développement. Finalement, si un peu de technique engendre des inconvénients, beaucoup de techniques permettent de les combattre. »

François Dagognet, entretien avec Roger-Pol Droit, *La Compagnie des contemporains*, Odile Jacob, 2002.

En vous fondant sur l'extrait de texte, vous répondrez aux questions suivantes :

1) Le point de vue de Dagognet consiste-t-il à affirmer que :
- tout ce qui est techniquement possible est moralement souhaitable ?
- c'est aux utilisateurs de décider de recourir ou non à la technique ?
- la technique nous donne un pouvoir illimité sur la nature ?

2) Quelle conception de la nature est remise en cause ici ?

3) Faut-il selon Dagognet limiter le progrès technique ?

Exercices

05 Nouvelles technologies : avantages/inconvénients

Au XXIe siècle, les nouvelles technologies permettent de réaliser des tâches de plus en plus complexes et de se substituer aux hommes. **Indiquez pour chacune de ces applications les avantages et les inconvénients.**

1

Des robots pour remplacer les juges ? La société française Predictice affirme pouvoir prévoir l'issue d'un jugement grâce à l'intelligence artificielle. Le logiciel Predictice permet de consulter et d'analyser l'intégralité des décisions de justice et pourrait offrir, selon ses créateurs, une estimation fiable des indemnités obtenues, par comparaison avec des décisions similaires. Aux États-Unis, certains tribunaux ont recours au logiciel Compas, qui mesure le risque de récidive de 1 à 10, à partir de 137 critères. En 2019, le gouvernement estonien prévoit de confier à une intelligence artificielle le traitement des délits mineurs.

2

La médecine prédictive : depuis longtemps, la médecine est capable d'anticiper les dangers, d'éviter les infections et de mettre en évidence des facteurs de risque. Mais, aujourd'hui, nous sommes entrés dans l'ère de la génomique (discipline de la biologie qui étudie un organisme, un organe, un cancer, etc., à l'échelle du génome entier et non d'un seul gène). La médecine utilise des outils de génétique, puissants et prédictifs, qui n'existaient pas il y a vingt ans. Les chercheurs mettent ainsi en évidence des biomarqueurs génétiques associés à des maladies. On sait par exemple que, pour les porteuses de la mutation BRCA1, le risque de développer un cancer du sein ou des ovaires s'élève entre 70 et 90 %.

06 Redéfinir l'être humain ?

Texte A

Photogramme de hubots, issu de la série *Real Humans*.

Cette nouvelle raconte l'histoire d'Andrew, un robot qu'un léger défaut de fabrication rend capable de fabriquer des œuvres d'art. Il est donc très proche des êtres humains. Il voudrait se faire reconnaître comme tel et entame un recours auprès de l'État qui décidera par un vote de son identité. Il argumente pour son avocate.

« – Ce qui est important, c'est que les cellules du cerveau meurent, doivent absolument mourir. Même si tous les autres organes du corps fonctionnent ou sont remplacés, les cellules du cerveau, que l'on ne peut remplacer sans changer, donc tuer, la personnalité, doivent en fin de compte mourir. Mes propres circuits [...] pourront fonctionner encore pendant des siècles. N'est-ce pas là l'obstacle fondamental ? Les êtres humains acceptent sans peine un robot immortel, car le temps que dure une machine leur importe peu, mais ils ne peuvent pas tolérer un être humain immortel, car leur propre mortalité n'est acceptable que tant qu'elle est universelle. [...] J'ai supprimé cet obstacle [...] par une dernière opération, j'ai fait en sorte que petit à petit, tout doucement, l'énergie se retire de mes circuits.

Tout ce qu'Andrew avait fait auparavant était resté sans effet. Mais il avait fini par accepter la mort pour devenir humain, et le sacrifice était trop grand pour qu'il n'en soit pas tenu compte. »

Isaac Asimov, *L'Homme bicentenaire*, 1976.

Texte B

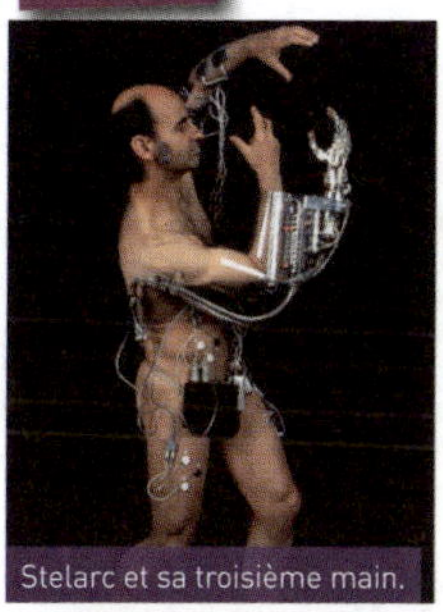
Stelarc et sa troisième main.

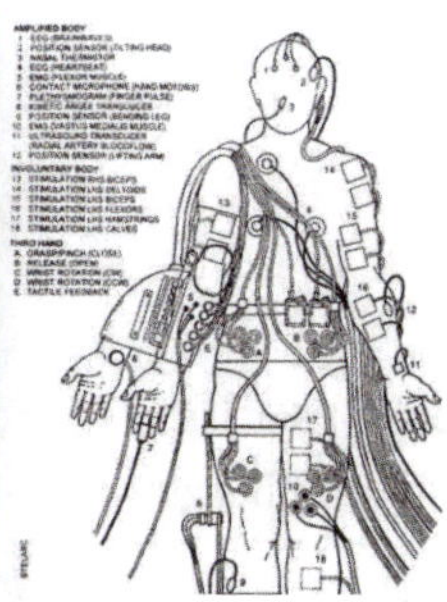

Artiste australien, Stelarc est connu pour ses performances d'art corporel dans lesquelles il expérimente sur son propre corps la greffe de composants électroniques et robotiques.

« "Tous mes projets et performances se penchent sur l'augmentation prothétique du corps, que ce soit une augmentation par la machine, une augmentation virtuelle, ou par des processus biologiques, comme l'oreille supplémentaire, ce sont des manifestations du même concept : l'idée du corps comme architecture évolutive", explique l'artiste. [...] Stelarc explore la téléprésence et le corps involontaire, [...] dans *Ping Body*, il connecte son corps à l'internet qu'il utilise comme un système nerveux externe, le corps bougeant en fonction des données du Net, possédé par une entité informatique. "Je ne vois pas le corps comme le site de la psyché ou de l'inscription sociale qui présuppose une sorte de moi, mais comme un appareil biologique qu'on peut redesigner. [...] Et l'image du cyborg nous rend anxieux, nous renvoie cette image d'homme machine et la crainte d'être automatisé. Mais l'involontaire et l'automatique, c'est quelque chose qu'on a toujours été." »

Marie Lechner, « Le Corps amplifié de Stelarc », *in Libération*, 2007.

Après avoir lu ces textes, vous répondrez aux questions suivantes :

1) Texte A : quelles caractéristiques font d'Andrew un être humain ?

2) Texte B : quelles caractéristiques font de Stelarc un être évolutif ?

3) Surlignez en jaune les éléments qui montrent dans les deux textes une même conception du corps. Qu'est-ce qui fonde l'identité pour A et pour B ?

4) Diriez-vous qu'Andrew est humain ? Que Stelarc est un homme-machine ? (Appuyez-vous sur le vocabulaire des textes, que vous soulignerez en vert, pour répondre.)

Synthèse | L'humain et ses limites

L'homme et la technique

En définissant l'homme comme « *homo faber* », Bergson affirme que la spécificité de l'homme ne repose pas uniquement sur sa conscience ou sa raison, mais sur sa capacité à fabriquer des outils, à proposer des innovations technologiques. Grâce à la technique, l'homme se dépasse, part à la conquête de nouveaux espaces et aménage son monde. Mais si la technique peut être libératrice, elle peut aussi être source d'aliénation.

Vers une redéfinition de l'humain

Le développement des techniques pousse l'homme à dépasser ses limites. Cette limite qu'est la mort ne pourrait-elle pas être repoussée un jour avec l'accroissement des nouvelles technologies ? Telle est l'idéologie portée par les mouvements transhumanistes dont l'objectif est l'amélioration de l'espèce humaine, l'augmentation des capacités jusqu'à imaginer un futur possible où l'homme se serait affranchi de sa finitude. Mais cette finitude n'est-elle pas ce qui nous rend humains tout en nous poussant à nous dépasser ?

Technique et nature

« Se rendre comme maître et possesseur de la nature » : tel est le rêve formulé par Descartes. Mais dans ce désir d'appropriation de la nature, n'y a-t-il pas un risque possible de dérive ? Les dystopies décrivent un monde détruit par la technique. Le terme anthropocène décrit l'ère géologique marquée par l'influence de l'homme. Parce que nous risquons non seulement de compromettre la survie de la nature, Hans Jonas formule une éthique naturaliste : nous avons aussi des devoirs vis-à-vis de la nature et des générations futures. La nature n'est pas un élément extérieur à l'homme, elle est le lieu où il peut se ressourcer, comme en témoigne depuis des siècles le désir de certains d'un retour à la nature.

Synthèse | L'humanité en question

L'humanisme prôné lors du siècle des Lumières trouve-t-il son incarnation au XXe siècle ou sa dissolution ?

Les XXe et XXIe siècles sont des périodes de création, de renouveau, permettant à l'homme de déployer toutes ses capacités et de se dépasser.

Les actes monstrueux commis sont-ils le fait d'êtres humains ou de monstres ?

Mais l'idéal humaniste vole en éclats avec les violences extrêmes perpétrées au XXe siècle, avec l'utilisation de la technologie à des fins de destruction.
C'est la définition même de l'homme qui se trouve interrogée.
L'humain augmenté prôné par le mouvement transhumaniste ne risque-t-il pas de nous faire perdre ce qui fait notre humanité ?

Corrigés

La recherche de soi

Éducation, transmission, émancipation

Les conceptions de l'éducation .... p. 14

A) 1) a, c, j • 2) a • 3) b, e • 4) d, g, h • 5) e, h • 6) f, g, j • 7) h • 8) i • 9) h • 10) d

B) 1) c • 2) d • 3) b, d • 4) a

C) L'école dans le monde en image
1) Japon : uniformité, théorie, individualisme, discipline • 2) Angleterre, Keighley : liberté, jeux, interaction • 3) Nigeria : uniformité, non-mixité, interaction • 4) États-Unis : individualisme, théorie, discipline • 5) Taïwan : individualisme, uniformité, exercice pratique

Avez-vous bien compris la pédagogie de Rousseau ? ... p. 16

A) Les fèves sont-elles à Émile ?
1) Émile est propriétaire car il a planté les fèves et qu'il a ensuite travaillé pour qu'elles poussent correctement. Il pense que son travail justifie un titre de propriété.
2) Émile apprend la notion de propriété privée et comprend qu'elle ne vient pas forcément du travail, mais du droit du premier occupant. Robert est propriétaire car il a hérité de cette terre que son père possédait. Émile fait aussi l'expérience de l'injustice puisque son travail n'est absolument pas récompensé.
3) Le gouverneur aurait pu lui définir ce qu'est la notion de propriété privée, lui faire un cours de droit. Il aurait pu lui faire une leçon de morale abstraite pour distinguer ce qui est juste et ce qui est injuste.

B) « Je hais les livres »
1) Rousseau se méfie de l'éducation par les livres : un enfant n'est pas capable de comprendre l'enseignement à en tirer, car il est trop jeune. Les livres ne proposent bien souvent que des connaissances abstraites. Il préfère une éducation par l'expérience.
2) *Robinson Crusoé* est un modèle d'éducation car, seul sur son île, Robinson doit apprendre à se débrouiller par lui-même, à faire usage de ses sens. S'il veut survivre, il doit être ingénieux et ne peut trouver d'autre guide que lui-même. De plus, isolé, il est loin de la société qui pourrait exercer une mauvaise influence sur lui. Cette vie naturelle est une existence simple où il s'agit de développer ses facultés physiques et intellectuelles au contact de la nature. Nul besoin de livres quand la nature offre un terrain d'exercice privilégié.

Éducation et formatage .... p. 17
Savoir repérer la thèse, les arguments et les exemples
A) Simone de Beauvoir
1)

> « Dans les romans d'aventures ce sont les garçons qui font le tour du monde, qui voyagent comme marins sur des bateaux, qui se nourrissent dans la jungle du fruit de l'arbre à pain. Tous les événements importants arrivent par les hommes. La réalité confirme ces romans et ces légendes. Si la fillette lit les journaux, si elle écoute la conversation des grandes personnes, elle constate qu'aujourd'hui comme autrefois les hommes mènent le monde. Les chefs d'État, les généraux, les explorateurs, les musiciens, les peintres qu'elle admire sont des hommes ; ce sont des hommes qui font battre son cœur d'enthousiasme. »

2) Pour Simone de Beauvoir, les hommes dominent le monde et occupent des fonctions importantes et attractives. Cette suprématie considérée comme évidente, inaliénable est véhiculée par les romans, la presse et la conversation.

B) Annie Ernaux
1) Annie Ernaux décrit l'éducation familiale et l'éducation reçue par l'école.
2) Ce mot désigne le travail à l'usine, le travail manuel et le travail intellectuel.
3) Le père éprouve de la gêne car sa fille n'a pas d'emploi, mais fait encore des études.
Il est scandalisé car les connaissances de sa fille en matière d'hygiène remettent en cause ses habitudes.
Il éprouve de l'étonnement car il a du mal à concevoir qu'on puisse connaître une langue étrangère sans avoir voyagé.

C) Édouard Louis
1) Le père d'Édouard Louis voit l'école comme un lieu de soumission alors que la masculinité réside pour lui dans l'usage de la force et dans l'insoumission.
2) Pour Édouard Louis, les études représentent un moyen d'échapper à sa condition sociale de départ et à une conception étroite de la virilité.

Les expressions de la sensibilité

Vocabulaire .... p. 26

A) **a)** 5 • **b)** 2 • **c)** 1 • **d)** 7 • **e)** 6 • **f)** 8 • **g)** 3 • **h)** 4

B) **A : 5 : d • B : 2 : b • C : 1, 3, 4 : g • D : 3, 4 : c • E : 7 : e • F : 1, 4, 6 : a • G : 4, 6 : f**

Romantisme *versus* classicisme .... p. 28

A) Classicisme : a, b, e • **Romantisme :** c, d, f
B) Poussin, *Le Jugement de Salomon* : classicisme
Géricault, *Le Radeau de la Méduse* : romantisme
Chopin : romantisme
Lully : classicisme

Extérioriser ses émotions .... p. 29

A) Emma Bovary
On trouve dans cet extrait différents clichés du romantisme.
Passion amoureuse : « Ce n'étaient qu'amours, amants, amantes, dames persécutées... larmes et baiser ».
Souffrance : « dames persécutées », « postillons qu'on tue à tous les relais, chevaux qu'on crève à toutes les pages », « sanglots, larmes ».
Sensibilité à la nature : « forêts sombres », « nacelles au clair de lune, rossignols dans les bosquets ».
Goût du Moyen Âge : « elle aurait voulu vivre dans quelque vieux manoir, comme ces châtelaines au long corsage, qui, sous le trèfle des ogives [...] ».
On peut ajouter que la tonalité de cet extrait est lyrique mais surtout ironique car il est marqué par l'exaltation des sentiments rendue de manière exagérée (grâce aux hyperboles, énumérations et métaphores convenues).

B) Exprimer sa sensibilité
a) Pour **Lamartine**, il faut rejeter les conventions et écouter son cœur. Pour **Nietzsche**, la création artistique suppose un état d'ivresse, de libération totale des sens. C'est pourquoi c'est le dionysiaque qui est la condition de la création. Rappelons ici que, dans la mythologie grecque, Dionysos est le dieu du vin, des excès, de la démesure.
b) Pour **Stendhal**, l'amour est un sentiment qui peut nous porter à attribuer à la personne aimée plus de qualités qu'elle n'en a. Il parle de cristallisation, terme qu'il emprunte à un processus que l'on voit dans les mines de Salzbourg : quand on jette dans ces mines un rameau effeuillé, il se couvre quelques mois plus tard de cristallisations brillantes.
c) Pour **Rousseau**, la raison peut nous éloigner des autres, nous rendre égoïstes et nous faire tomber dans l'amour propre ; la pitié naturelle est un sentiment qui nous rend sensible à la souffrance d'autrui car on imagine alors ce qu'il ressent et on est enclin à lui porter notre attention.
d) Pour **Baudelaire**, on peut laisser place à des sentiments violents et noirs qui deviennent prenants. C'est ce qu'il nomme le spleen.
e) Pour **Kant**, l'homme se définit par sa capacité à être raisonnable. Il doit donc s'efforcer de dominer ses sentiments afin de garder la maîtrise de lui-même.
f) Pour l'économiste **Smith**, il existe un mécanisme d'autorégulation des affects. Il est en effet nécessaire de modérer l'expression de sa sensibilité pour pouvoir être entendu d'autrui.

C) Le scarabée dans la boîte

1) Le scarabée renvoie à un contenu de conscience comme la douleur. La boîte renvoie à la conscience.
2) Le mot « scarabée » est un terme général qui ne permet pas de décrire réellement le scarabée particulier qui se trouve dans la boîte de chacun. On ne peut pas être certain qu'il y a un scarabée dans la boîte car nous ne pouvons pas réellement entrer dans l'intériorité et l'intimité des autres.
3) On peut rapprocher cette fiction de Wittgenstein de la conception philosophique du langage proposée par Bergson. Pour lui, en effet, le langage est général, impersonnel, et échoue à décrire des états d'âme singuliers et en mouvement.

Les métamorphoses du moi

Moi et le cours .... p. 38

Révisez les notions de cours

1) b • 2) c • 3) a.

Comprendre la naturalisme

1) La théorie naturaliste consiste à montrer comment l'individu est déterminé par l'hérédité ainsi que par sa classe sociale. Étienne Lantier envisage sa fêlure comme directement issue de ses ancêtres et se considère comme victime de sa lignée alors même qu'il déclare être en bonne santé et faire des efforts pour ne pas être alcoolique comme ses parents. Ainsi ne se sent-il pas maître de sa destinée.
2) Étienne Lantier constate des manifestations physiologiques brutales (il parle de crises), qui conduisent à une dépossession de soi. Il constate « des cassures, des trous », faisant de son moi un moi morcelé. Il n'est plus « maître de lui-même » mais se sent soumis à une force puissante.
3) « La bête enragée » fait référence à la partie animale de soi, c'est-à-dire à des pulsions qu'on ne parvient pas à maîtriser.

Réviser les auteurs

1) e • 2) d • 3) c • 4) a • 5) b.

L'identité personnelle .... p. 39

Le cas Phineas Gage

1) Des chocs et traumatismes psychologiques peuvent faire changer notre personnalité brutalement. Sur un plus long terme, le simple fait de grandir ou de vieillir, d'acquérir de l'expérience, ou encore une forte volonté de « se changer pour s'améliorer », peuvent transformer notre personnalité. Celle-ci se modifie nécessairement au cours du temps, soit du fait de notre volonté, soit en raison des circonstances extérieures que nous subissons. On retrouve cette idée dans la conception défendue par Sartre.
2) Gage n'est plus Gage car ce qui définit en général la personnalité, c'est le caractère que l'on a. En devenant capricieux, irrespectueux, les amis de Gage ont la sensation d'être face à une autre personne car Gage a perdu tout ce qui lui a été transmis *via* son éducation.
D'un autre côté, quand on a l'habitude de fréquenter quelqu'un, on sait qu'une personne peut changer au cours du temps. La personnalité d'un individu est en constante évolution, et même si le changement a été brutal avec Gage, il n'en reste pas moins le même. Une personne peut être méconnaissable si on la compare avec son « moi » d'il y a dix ans. Bien que la frontière entre ce qui est Gage et ce qui ne l'est pas soit floue, elle l'est de la même façon pour chaque personne. Et comme nous restons les mêmes malgré ces changements et ces évolutions, nous pouvons dire que, bien que ce fût brutal dans le cas de Gage, il est toujours le même.

Le bateau de Thésée

1) On peut considérer que c'est le même bateau car il a été modifié progressivement et que le remplacement d'une partie d'une chose ne lui fait pas perdre son identité : la forme reste la même si la matière change. Ce qui définit une chose, c'est sa forme, et d'ailleurs on considère qu'on peut très bien démonter un objet et le réassembler sans que sa nature change (ex. : une montre). Dans le cas présent, les planches du bateau ont été certes changées, mais cela n'a pas conduit à les utiliser pour fabriquer un autre objet.

D'un autre côté, en changeant toutes les pièces d'une chose, on peut estimer que ce n'est plus la même chose car les modifications sont trop importantes pour considérer que c'est encore le bateau de Thésée. Ce n'est plus le bateau de Thésée car il ne reste rien de sa matière de départ.

2) Votre réponse n'aurait peut-être pas été la même car vous avez pu dire qu'il s'agissait encore du bateau de Thésée parce que le changement s'est fait de façon imperceptible. De même, les gens que nous fréquentons habituellement changent, mais nous ne sommes pas frappés par leur changement puisque nous les voyons régulièrement. D'ailleurs, c'est souvent lorsqu'on n'a pas vu quelqu'un depuis longtemps que le changement nous apparaît, au point de dire à quelqu'un qu'on ne le reconnaît pas.

3) L'image du bateau de Thésée est une image de notre identité personnelle. Notre corps, notre pensée changent au cours du temps et pourtant on se perçoit comme étant la même personne. Dans une certaine mesure, le bateau représente notre organisme car, tous les sept ans, notre corps renouvelle entièrement ses cellules. De plus, actuellement, la science médicale sait remplacer certains organes *via* des greffes ou peut modifier certains aspects de notre corps.

4) Ces changements au cours de l'existence ne remettent pas en cause notre moi car, ce qui nous définit, ce sont nos changements subis ou impulsés. C'est ce que montre le philosophe Sartre qui indique que ce qui fait la personne (par opposition aux choses), c'est cette capacité à se dépasser, c'est sa transcendance.

Les autres et moi p. 40

Moi sans les autres

1) Le soi se construit grâce à la société. C'est grâce à nos interactions avec les autres que l'on prend conscience de soi et que l'on se développe, qu'on intériorise des normes.

2) Oui. Mead nous propose une expérience de pensée qui peut sembler paradoxale puisqu'il affirme qu'une fois construit le moi peut se passer des autres, car il porte en lui une pluralité de points de vue lui permettant de dialoguer avec lui-même, d'être à la fois soi et autrui...

3) La solitude peut paraître effrayante puisque, non seulement on peut finir par douter de ce qui nous entoure, de notre propre existence – car l'homme est un être social qui a besoin du contact avec les autres –, mais encore, on peut perdre au fur et à mesure tout ce qu'on a appris grâce à la société. On peut avoir peur de sombrer dans la folie et mourir d'ennui...

La solitude peut être positive, elle nous permet d'échapper au regard oppressant des autres. Comme le disait Sartre, « L'enfer, c'est les autres ». C'est aussi l'occasion d'une réflexion sur soi, de vivre sa vie sans contraintes et sans risque de tomber dans le conformisme.

L'enfer, c'est les autres ?

Dans les décors de la mise en scène de Lagarce, les deux couples sont habillés exactement de la même façon. Le couple perd son identité, comme dans le texte où la répétition du nom Bobby Watson amène à penser que tous les individus sont interchangeables et qu'on ne peut pas les distinguer.

Dire le moi p. 41

Écrire le moi

Pour N. Sarraute, l'écriture sur soi est complexe car les mots ont du mal à saisir le flux d'une existence. Le langage risque de figer une vie en mouvement et c'est pour cette raison que les souvenirs peuvent se dérober à nous. On retrouve cette idée dans l'autoportrait de Bacon : cet autoportrait est flou, déformé par le mouvement, tout comme les souvenirs peuvent être déformés lorsqu'on les raconte. Une partie du visage est laissée dans l'ombre, ce qui suggère une forme d'opacité, d'étrangeté à soi. Ceci est aussi exprimé dans l'extrait de Robbe-Grillet qui insiste sur l'opacité du personnage qu'on ne peut plus enfermer dans un caractère ou dans de quelconques déterminismes. Ainsi Beckett choisit-il de changer le nom de son personnage comme pour marquer le mouvement et la difficulté à l'enfermer dans une identité.

Le flux de conscience

Le flux de pensée se caractérise par les éléments suivants :
- absence de ponctuation pour montrer le flux ininterrompu ;
- indice d'oralité : la répétition du oui, le O lyrique ;
- répétition du terme mère ;
- alternance passé/présent ;
- mélange de pensée, de sensations et de description de l'extérieur ; mélange de pronoms personnels (je, tu, on...).

L'humanité en question

Création, continuités et ruptures

Reproduction et tradition p. 54

1) Avec l'exemple de la statue, il s'agit de montrer que le fait d'être unique ne s'oppose pas au fait de s'inscrire dans une tradition. Une œuvre d'art peut être originale même si elle prend place dans une tradition artistique en la renouvelant ou en la transformant.

2) La reproduction mécanisée d'une œuvre en série conduit à abolir la distinction entre l'original et la copie. De plus, l'œuvre d'art perd son aura, c'est-à-dire son caractère sacré.

3) Le pop art illustre bien le propos de Benjamin car Warhol s'approprie des objets issus de la société de consommation et les reproduit par dizaines voire par centaines. Cela va à l'encontre d'une idée classique qui associe l'art à son caractère unique. Le travail de Warhol contribue à désacraliser l'art.

Courants d'art p. 54

1) Cubisme : A, e • 2) Impressionnisme : C, a • 3) Surréalisme : D, f • 4) Dadaïsme : B, c • 5) Art brut : F, d • 6) Performance : E, b

Ruptures et continuités p. 55

A) Nicolas Poussin, *L'Enlèvement des Sabines*, 1634 et Pablo Picasso, *L'Enlèvement des Sabines*, 1962.

Continuité : même titre, même sujet, même genre (peinture d'une scène mythologique), personnages repris, mais pas toujours, même construction en pyramide.

Rupture : rupture de l'harmonie classique au profit de la déstructuration géométrique cubiste. Corps disloqués rappelant les charniers (ancrage du sujet dans la contemporanéité), perspective déstructurée, bonnet phrygien arboré par un personnage, couleurs presque inexistantes (rouge laissé aux victimes, nappe de sang), le rendu est plus violent, plus politique.

B) Édouard Manet, *Déjeuner sur l'herbe*, 1863 et Le Tintoret, *Le Concert champêtre*, 1509.

Continuité : échos probables de Manet au Tintoret. On retrouve les quatre personnages, les hommes vêtus et les femmes non. On retrouve le même cadre bucolique.

Rupture : les tableaux n'appartiennent pas au même genre. C'est une scène mythologique, une allégorie de l'inspiration pour le Tintoret ; c'est un tableau qui allie nature morte et portrait de groupe dans un style réaliste pour Manet. Chez ce dernier, la perspective est déstructurée, les corps des femmes réalistes, leurs vêtements tombés font référence à des ébats sexuels, et la femme de gauche lance une adresse au spectateur. Le tableau de Manet outrepasse les codes de la bienséance avec un déjeuner équivoque, là où Le Tintoret représente de façon conventionnelle les muses inspiratrices des musiciens.

C) Jacques Villeglé, *Les Nymphéas*, affiches lacérées marouflées sur toile, 1957 et Claude Monet, *Le Bassin aux nymphéas, reflets de nuages*, 1915-1926.

Continuité : allusion directe de Villeglé à Monet grâce au titre, même dominante de couleurs, dimension rectangulaire et même grande surface pour les deux peintures. Même genre identifiable par le titre : peinture de paysage. Même recherche hypnotique de variation lumineuse.

Rupture : Villeglé lacère des lettres découpées dans des affiches et les colle ensuite ; c'est déjà une rupture avec la conception de ce que peut être l'œuvre d'art. Refus de la mimésis, utilisation de l'abstraction. Derrière l'hommage et la réinterprétation que fait Villeglé se lit la volonté de jeu : donner à lire autre chose qu'un paysage, la surface-paysage identifiée par le titre est un leurre, ou devient un autre espace en relief qui fait image mais déconstruit aussi des lettres, du sens. La nature devient mur urbain.

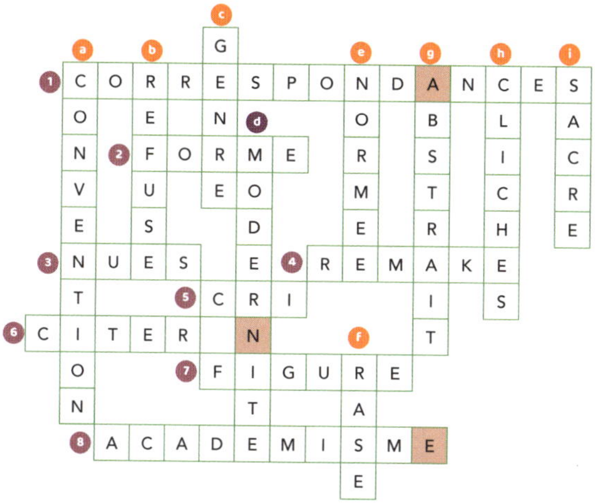

C'est bien un âne qui a peint avec sa queue cette fameuse toile ! En 1910, les artistes qui ont mis en place ce canular voulaient se moquer des critiques d'art et des peintres d'avant-garde. Le tableau avait été accroché au Salon des indépendants à Paris. On avait cru à la présence d'un nouveau peintre italien qui avait même signé un « Manifeste de l'excessivisme » : « L'excès en tout est un défaut, a dit un âne. Tout au contraire, nous proclamons que l'excès est une force. »

1927, le procès de Brancusi contre les États-Unis

Arguments de l'État	Arguments de la défense (Brancusi)
A) ***« L'avez-vous vu faire ? »*** (Une œuvre ne peut être manufacturée. Elle doit être créée par un artiste.)	***L'œuvre n'est pas manufacturée (pas fabriquée en série).*** **d)** « La première ébauche a été taillée dans du marbre. À partir de ce marbre, il a été réalisé un moule en plâtre et à partir du moule un bronze a été coulé. [...] C'est alors qu'avec des limes et des ciseaux M. Brancusi a taillé et travaillé cette pièce. »
B) ***« Détenez-vous un certificat vous reconnaissant la qualité d'artiste ? »*** (Un artiste a été formé dans une école d'art.)	***Une œuvre d'art est reconnue telle car elle a été créée par un artiste reconnu comme tel.*** **a)** « Oui, j'ai vu ses expositions, à Paris et à Londres, aussi bien que l'exposition ici à New York. Il est considéré comme l'un des tenants les plus célèbres de l'école d'art la plus moderne. »
C) ***« Si vous l'aperceviez dans la rue, vous ne songeriez pas à l'appeler "oiseau" ? Si vous le voyiez dans une forêt, vous n'en prendriez pas une photo ? »*** (Une œuvre d'art doit représenter le réel, l'art comme mimésis.)	***L'art représente ce que le créateur et le récepteur veulent bien y voir.*** **e)** « Il ne ressemble pas à un oiseau mais je le ressens comme oiseau et il est défini par l'artiste comme un oiseau. »
D) ***« Voyez-vous une quelconque fonction utilitaire à cet objet ? » « Titre mis à part, dites-nous si ceci est une œuvre d'art et obéit à un principe esthétique. »*** (Une œuvre d'art ne peut être utile, elle répond à une esthétique.)	***Une œuvre d'art doit-elle être belle ? Elle est le fruit d'un travail et d'une émotion.*** **c)** « C'est un objet en trois dimensions créé par un artiste, ses proportions sont harmonieuses, ce qui me procure une émotion esthétique, le sentiment d'une grande beauté [...], la sensation d'un vol rapide. [...] Pendant vingt ans, l'artiste a travaillé à cette chose, la modifiant, l'épurant, pour arriver à cet état où les lignes et les formes sont l'expression d'un oiseau, les lignes suggérant son essor vers le ciel. »
E) ***« Comment définissez-vous l'art ? »*** (Cet objet ne répond plus aux critères conventionnels de l'art.)	***Il n'y a pas de définition pérenne et simple de l'œuvre d'art.*** **b)** « La question de l'esthétique n'a cessé d'être débattue depuis que l'homme a atteint le stade culturel. Articles, livres, traités et théories philosophiques ont été écrits, proposés et divulgués sans parvenir à un résultat définitif. La controverse se poursuit et se poursuivra aussi longtemps que les hommes n'éprouveront pas tous la même émotion face aux mêmes objets. Cette question a agité les esprits des plus grands penseurs : Platon, Socrate, Kant, Schopenhauer, Lessing, Knobbs, Emerson, James, Ruskin [...] Aucun d'eux n'a pu y apporter une solution définitive. »

Le verdict

« Une école d'art dite moderne s'est développée dont les tenants tentent de représenter des idées abstraites plutôt que d'imiter des objets naturels. Que nous soyons ou non en sympathie avec ces idées d'avant-garde et les écoles qui les incarnent, nous estimons que leur existence comme leur influence sur le monde de l'art sont des faits que les tribunaux reconnaissent et doivent prendre en compte. »

En fonction de ces nouveaux critères, la Cour a jugé que l'objet était beau, que sa seule fonction était esthétique, que son auteur, selon les témoignages, était un sculpteur professionnel, et qu'en conséquence, il avait droit à l'admission en franchise.

Histoire et violence

L'expérience de Milgram .... p. 66

1) La motivation des participants n'est pas d'ordre financier. Ce qui explique la propension à obéir, c'est l'idée que l'autorité scientifique a de la légitimité. De plus, les participants se sentent simples exécutants et non pas responsables de l'ensemble de l'expérience.

2) **Variante A)** Avec le contact physique, la dimension impersonnelle de l'expérience disparaît. On a tendance à avoir de l'empathie lorsqu'on est directement en contact avec autrui. La prise de conscience de notre responsabilité dans le mal commis nous apparaît alors nettement.

Variante B) La non-présence de l'expérimentateur fait disparaître la légitimité de l'expérience menée. On se sent alors directement responsable de ce que l'on fait sans avoir une autorité pour légitimer ce que l'on est en train de faire.

Variante C) Lorsqu'il y a conflit dans l'autorité, le sujet en vient à s'interroger sur la légitimité de ce qui se passe et peut « profiter » de cette occasion pour cesser l'expérience.

Violenter l'écriture et le spectateur, seul moyen de faire mémoire ? .... p. 67

***Anéantis*, pièce de Sarah Kane, mise en scène pour la première fois en 1995.**

« À l'origine j'écrivais une pièce sur deux personnes dans une chambre d'hôtel, entre lesquelles il y avait un rapport de pouvoir complètement déséquilibré qui conduisait l'homme plus âgé à violer la jeune femme. [...] À un certain moment dans les deux premières semaines de rédaction [en mars 1993], j'ai allumé la télévision. Srebrenica était en état de siège. Une vieille femme regardait la caméra en pleurant. Elle disait: "S'il vous plaît, s'il vous plaît, quelqu'un doit nous aider. Quelqu'un doit faire quelque chose." Je savais que personne ne ferait quoi que ce soit. Tout d'un coup, je n'étais plus du tout intéressée par la pièce que j'écrivais. Je voulais écrire à propos de ce que je venais de voir à la télévision. Alors mon dilemme était le suivant : est-ce que je devais abandonner ma pièce (même si j'avais déjà écrit une scène que je trouvais très bonne) pour passer à un sujet que je trouvais plus urgent ? Lentement, je me suis rendu compte que la pièce que j'étais en train d'écrire parlait déjà de ce sujet. [...] Je me demandais : "Quelle connexion pourrait-il bien y avoir entre un viol banal dans une chambre d'hôtel à Leeds et ce qui se passe en Bosnie ?" Et puis soudain j'ai compris, j'ai pensé : "Bien sûr, c'est évident. L'un est la graine et l'autre est l'arbre." [...] La tension de la première partie, cette épouvantable tension sociale, psychologique et sexuelle est presque une prémonition du désastre à venir. Et quand il arrive, la structure [de la pièce] se disloque pour lui donner accès. »

A) Le théâtre est le lieu d'une révélation traumatique.
Le trauma intime, individuel est lié au trauma collectif.
Le théâtre, le langage se déstructure pour épouser la violence qu'il montre et dont le spectateur doit faire l'expérience pour qu'elle fasse partie de sa mémoire.

B) Une scène de meurtre d'enfants est souvent éludée sur scène. Angelin Preljocaj a choisi d'en montrer une, cela relève de l'expérience traumatique que fait vivre la scène contemporaine, un trauma individuel (celui des enfants de Médée, et de Médée elle-même), qui devient par sa force associé aux traumas collectifs que vivent nos sociétés (faits divers, guerres, exils, d'où les enfants ressortent meurtris). Peinture rouge, violence de la partition sonore, gestes désarticulés, déshumanisation brutale des enfants dont la tête est recouverte d'un seau : le langage scénique est lui-même violenté pour nous imprégner de cette scène sacrificielle que l'on redécouvre comme telle.

Trop esthétique ? .... p. 68

À l'aide des arguments donnés, on peut rédiger cette réponse :

On peut trouver que cette photo de réfugiés souffrant de la famine est bien trop belle. En effet, la beauté de l'image est ce qui nous touche d'emblée, l'esthétisation de la misère abolit le sujet de la photo, la question de savoir qui sont ces personnes passe alors au second plan. Ainsi, mysticisme et lyrisme entravent la compréhension du réel et affadissent la violence que vivent ces réfugiés : les jeux de lumière, la construction de la photo et l'utilisation du noir et du blanc

opèrent comme une mise en scène qui met à distance les individus. On pourrait dire avec Robert Capa, un autre photographe, reporter de guerre : « Si vos photos ne sont pas bonnes, c'est que vous n'êtes pas assez près ». Enfin, cette photo est moins un témoignage qu'un cliché qui fait œuvre pour servir Salgado.
Néanmoins, cette esthétisation permet également de rendre compte d'un sujet violent avec peut-être plus de subtilité qu'un document choc. Parce qu'elle est belle, la photo empêche le pathos ou le voyeurisme que nous pouvons éprouver face à des clichés violents et incite, par le sensible, par une émotion plus retenue, à davantage de réflexion. C'est également une manière de préserver la dignité de ceux qui sont photographiés. Ainsi, Salgado met en place une esthétique de la réserve, une « morale du regard » qui témoigne de la souffrance des autres de manière retenue.
De plus, l'éloignement induit par le style (lumière, composition, noir et blanc), en nous empêchant de contextualiser l'événement, vise à le présenter comme universel pour mieux ancrer cette situation dans une réflexion sur l'humain historiquement plus large. « Je ne travaille pas sur une seule image, mais pour un ensemble qui essaye de raconter » explique Salgado.

Comment témoigner de la souffrance et de la violence ? .... p. 69

Quels sont pour vous les meilleurs moyens de témoigner de la Shoah ?

A) ***La vie est belle*** **de Roberto Benigni (1997)**

La comédie de Begnini est une manière d'engager la réflexion de façon ludique et permet à un grand nombre (par exemple les très jeunes générations) d'approcher le génocide. Il est ainsi possible de sensibiliser davantage de personnes qu'avec un cours d'histoire.
L'humour n'est pas une fin en soi, mais un moyen de faire passer une réflexion. C'est le propre de l'apologue d'à la fois divertir et enseigner ou dénoncer. Citons d'autres exemples célèbres : La Fontaine dans ses *Fables*, ou Chaplin dans *Le Dictateur* (l'affiche présente le film comme une « fable » et revendique donc l'aspect fictif du récit).
C'est une manière détournée d'engager un devoir de mémoire pour une époque parfois saturée de commémorations et de documentaires sur la question.

B) ***Shoah*** **de Claude Lanzman (1985)**

Claude Lanzman refuse le genre de la fiction et du documentaire pour parler de la Shoah, parce qu'ils offrent un regard subjectif et forcément biaisé sur le génocide. Il faut éviter le genre de la fiction car ce qui est essentiel c'est de délivrer la vérité et d'empêcher toute dérive négationniste.
Son film est « une sépulture » pour les victimes, c'est-à-dire qu'il s'offre comme une œuvre de réparation, un moyen de rendre la dignité à ceux qui en ont été dépouillés. Ce que ne peut faire une œuvre de fiction selon le réalisateur.
Les témoignages bruts des survivants et des criminels offrent une expérience dépourvue de filtres au spectateur, ce qui est essentiel pour tenter d'appréhender l'horreur vécue. Ce témoignage brut est donc sans aucun artifice et permet de rendre compte de cette période de l'histoire en toute vérité.

La désobéissance à la loi .... p. 69

Cet exemple illustre la notion de désobéissance civile car ces femmes ne cachent pas leur action, mais la revendiquent publiquement. De plus, elles n'utilisent pas la violence à l'égard des institutions pour réclamer davantage de droits. Celles qui ont signé ce manifeste ne cherchent pas défendre leurs intérêts personnels, elles parlent au nom d'un groupe. Enfin leur objectif est de faire évoluer la loi, d'interpeller les consciences et le gouvernement.

L'humain et ses limites

Her **: peut-on aimer une machine ?** .... p. 78

1) Les raisons qui peuvent expliquer le sentiment naissant entre le personnage et le système informatique, c'est tout d'abord la grande solitude de Theodore Twombly. De plus, le système informatique semble très bien le connaître et ne le juge pas, mais il le comprend. Ce système informatique a aussi une voix très séduisante.
2) Ce qui fait obstacle à cette relation, c'est l'impossibilité d'un réel contact physique. Ce qui pourrait manquer à un programme pourvu d'un corps identique au corps humain, c'est le hasard qui fait le charme de la rencontre et du sentiment amoureux.

Demain, tous cyborgs ? .... p. 78

A) L'affaire Pistorius

1) Le cas de Pistorius divise les experts car certains estiment que les prothèses dont il dispose sont un avantage par rapport aux sportifs qui ne sont pas dotés d'un appareillage technologique. D'un autre côté, d'autres experts considèrent que les prothèses de Pistorius témoignent de son handicap.
2) Il n'y a donc pas de bonne ou de mauvaise réponse. L'important est ici d'argumenter. Première réponse possible : on peut refuser que Pistorius participe aux Jeux olympiques pour valides car les prothèses en fibre de carbone constituent une aide technique, ce qui est contraire aux règles de la compétition sportive. Accepter que Pistorius concoure ne reviendrait-il pas à accepter dans le sport une pratique telle que le dopage permettant d'augmenter ses capacités ? Enfin, si on accepte la participation de Pistorius, on court le risque de voir des personnes valides s'amputer volontairement de certains de leurs membres afin de les remplacer par des dispositifs techniques plus performants.
Deuxième réponse possible : il faut accepter la participation de Pistorius aux Jeux olympiques pour personnes valides car la possession de ces lames en carbone ne constitue pas en soi un avantage. Pistorius a dû faire des efforts pour maîtriser cet appareillage technique. De plus, accepter qu'il participe serait un moyen de favoriser l'égalité entre les individus et de faire avancer la cause des personnes ayant un handicap.
La décision à rendre n'a pas été simple. Dans un premier temps, en janvier 2008, le Conseil de la Fédération internationale d'athlétisme (IAAF) avait décidé de ne pas autoriser Pistorius à participer à des compétitions organisées sous son règlement car un rapport d'un expert disait qu'avec de telles prothèses, Pistorius avait un avantage sur ses concurrents valides. L'athlète a déposé un recours et le tribunal arbitral du sport a donné raison à Pistorius en mai 2008.

B) Entendre les couleurs

1) Ce qui fait de Neil Harbisson un cyborg, c'est le fait qu'il ne considère pas l'antenne implantée dans sa tête comme une simple aide, mais comme une partie de lui-même. Il ne se contente pas d'utiliser la technologie, il estime que la technologie fait partie de lui. Il souhaite avoir une photo de lui avec l'antenne car il considère l'antenne comme une partie de son corps et que son identité est désormais celle d'un cyborg.

2) On peut d'un côté considérer que c'est un humain augmenté car sa perception auditive lui permet de percevoir des choses que nous ne voyons pas d'ordinaire. C'est ce qu'il indique avec le cas des ultra-violets, que nous ne pouvons pas percevoir à l'œil nu. Sa perception du monde est donc élargie. D'un autre côté, on pourrait penser que ce n'est pas un humain augmenté puisque, si sa perception auditive est bien augmentée par rapport à un individu ordinaire, l'antenne ne lui permet cependant pas de voir réellement le monde.

3) Cette possibilité d'entendre les couleurs lui permet d'être plus créatif, de proposer des œuvres d'art grâce à cette perception auditive plus large. Cela lui permet aussi d'avoir un autre rapport à la beauté.

L'expérience de pensée du dernier humain de Richard Routley : Mr Last Man .... p. 79

1) Mr Last Man pourrait justifier son action en disant que c'est un moyen de s'occuper à faire quelque chose et de ne pas songer à sa mort imminente. Il pourrait aussi avancer que, par cette action sur la nature, il pourra aisément satisfaire ses besoins.

2) Si on est dans le cadre d'une morale anthropocentrée telle qu'elle a pu être développée par Kant, cette action n'est pas moralement répréhensible car nous n'avons de devoirs que vis-à-vis des personnes. Si on considère au contraire que la nature n'est pas un simple moyen ou une simple ressource dont on peut faire ce que l'on désire, cette action est moralement condamnable.

3) C'est à vous de répondre...

4) On pourrait dire qu'il y a deux raisons majeures de protéger la nature. Soit on la sauvegarde car on pense à nos propres besoins : protéger la nature serait alors un moyen de ne pas tuer la poule aux œufs d'or et de penser à notre survie future. Dans ce premier cas, la nature est considérée comme un moyen. Soit on protège la nature car, dans ce second cas, on considère qu'elle dispose d'une valeur en soi.

Les avancées techniques, libératrices ? .... p. 79

1) Pour Dagognet, c'est aux utilisateurs de décider d'avoir recours à la technique ou non. Ainsi, la technique nous offre un moyen d'augmenter notre savoir et de choisir en connaissance de cause. Chacun est donc libre de recourir ou non aux techniques médicales.

2) Dagognet conteste une vision idyllique de la nature car de nombreux exemples peuvent remettre en cause cette conception. De plus, la notion de nature ne veut rien dire en tant que telle si on entend par là une nature vierge. La nature est toujours dans une certaine mesure façonnée par l'homme, elle n'existe donc pas vraiment en elle-même.

3) Pour Dagognet, il faut au contraire favoriser le développement des techniques car, s'il est vrai que la technique peut s'accompagner de conséquences dommageables, il est possible de combattre des conséquences néfastes en développant d'autres outils technologiques. De plus, la technique n'est pas considérée comme mauvaise en soi dans la mesure où elle dépend de l'usage que les individus en font.

Nouvelles technologies : avantages/inconvénients ...... p. 80

1) D'un côté, l'utilisation de l'IA dans le cadre de la justice comporte certains avantages. Cela permet tout d'abord de traiter un nombre d'informations considérable, ce qui peut être utile pour calculer de la façon la plus juste possible le montant d'indemnités. Avec l'utilisation de l'IA on peut être plus impartial et on évite le caractère injuste qui peut être lié à une décision humaine de justice. De plus, en utilisant des robots à la place des juges, on peut traiter plus vite de nombreux dossiers.

D'un autre côté, avec l'utilisation de l'IA et le remplacement des juges par des robots, on peut tomber dans une justice inhumaine. Il est important que la justice soit rendue par des hommes car ils peuvent essayer de comprendre les individus, tenter de cerner une personnalité.

2) La médecine prédictive permet d'éviter certaines pathologies avant même qu'elles apparaissent. On pourrait ici prendre l'exemple d'Angelina Jolie qui a demandé une mastectomie bilatérale car elle était porteuse d'une mutation prédisposant à la survenue d'un cancer du sein, appelée BRCA1.

D'un autre côté, avec cette médecine prédictive, on risque de vouloir tout contrôler. Pour certaines pathologies, le fait de savoir par avance qu'on a des risques de contracter telle ou telle maladie peut générer de l'angoisse.

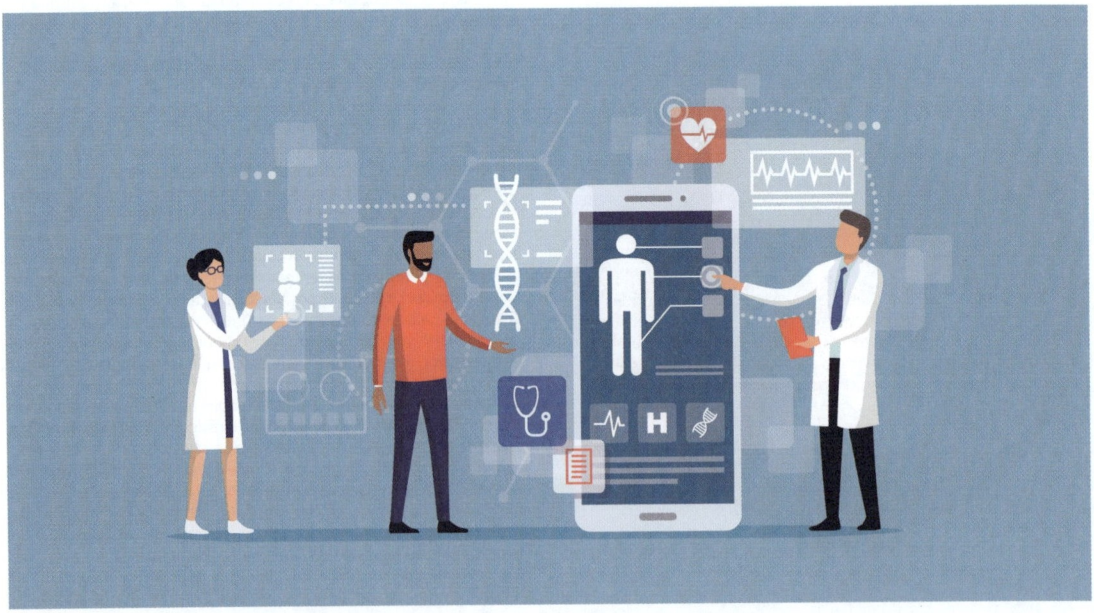

Redéfinir l'être humain ? .... p. 81

1) Texte A : **Quelles caractéristiques font d'Andrew un être humain ?** Le langage, l'interaction avec les humains, la réflexion : Andrew argumente sur son projet de devenir humain, il est capable de faire des choix qui vont influer sur sa destinée et qui semblent contraires à sa conception (durer des siècles), et bien sûr la volonté de faire l'expérience de la finitude.

2) Texte B : **Quelles caractéristiques font de Stelarc un être évolutif, proche de la machine ?** L'augmentation des capacités corporelles par le biais de prothèses métalliques, articulées et alimentées, le fait qu'il se dise lui-même être comme un objet à designer, le schéma explicatif du fonctionnement de la troisième main qui ressemble à une notice de machine.

3) **Surlignez en jaune les éléments qui montrent dans les deux textes une même conception du corps. Qu' est-ce qui fonde l'identité pour A et pour B ?**

Texte A. **Isaac Asimov, *L'Homme bicentenaire*, 1976.**

« – Ce qui est important, c'est que les cellules du cerveau meurent, doivent absolument mourir. Même si tous les autres organes du corps fonctionnent ou sont remplacés, les cellules du cerveau, que l'on ne peut remplacer sans changer, donc tuer, la personnalité, doivent en fin de compte mourir. Mes propres circuits [...] pourront fonctionner encore pendant des siècles. N'est-ce pas là l'obstacle fondamental ? Les êtres humains acceptent sans peine un robot immortel, car le temps que dure une machine leur importe peu, mais ils ne peuvent pas tolérer un être humain immortel, car leur propre mortalité n'est acceptable que tant qu'elle est universelle. [...] J'ai supprimé cet obstacle [...] par une dernière opération, j'ai fait en sorte que, petit à petit, tout doucement, l'énergie se retire de mes circuits. »
Tout ce qu'Andrew avait fait auparavant était resté sans effet. Mais il avait fini par accepter la mort pour devenir humain, et le sacrifice était trop grand pour qu'il n'en soit pas tenu compte.

Texte B. **Marie Lechner, *Le Corps amplifié de Stelarc*, *in Libération*, 2007.**

« "Tous mes projets et performances se penchent sur l'augmentation prothétique du corps, que ce soit une augmentation par la machine, une augmentation virtuelle ou par des processus biologiques, comme l'oreille supplémentaire, ce sont des manifestations du même concept : l'idée du corps comme architecture évolutive", explique l'artiste. [...] Stelarc explore la téléprésence et le corps involontaire, [...] dans Ping Body, il connecte son corps à l'internet qu'il utilise comme un système nerveux externe, le corps bougeant en fonction des données du Net, possédé par une entité informatique. "Je ne vois pas le corps comme le site de la psyché ou de l'inscription sociale qui présuppose une sorte de moi, mais comme un appareil biologique qu'on peut redesigner. [...] Et l'image du cyborg nous rend anxieux, nous renvoie cette image d'homme machine et la crainte d'être automatisé. Mais l'involontaire et l'automatique, c'est quelque chose qu'on a toujours été." »

Le corps, pour Andrew et Stelarc, est une entité modulable dont on peut changer les parties défectueuses (Andrew) ou moduler pour expérimenter de nouveaux usages (Stelarc). L'identité pour Andrew ne réside pas dans le corps, mais est tout de même construite par notre cerveau : si celui-ci meurt ou est remplacé nous devenons autre. Pour Stelarc, le corps n'est aucunement lié à l'âme et ne porte pas l'identité de celui qui l'habite.

4) **Diriez-vous qu'Andrew est humain ? Que Stelarc est un homme-machine ?** (Appuyez-vous sur le vocabulaire des textes, que vous soulignerez en vert, pour répondre.)
Andrew, bien qu'il semble posséder une conscience et qu'il décide de mourir pour avoir la caractéristique essentielle de l'humain (qui est la finitude), reste néanmoins une machine comme le montre le vocabulaire qu'il utilise pour se décrire (« mes propres circuits », « un robot immortel », « une machine »). Il faut, pour le considérer comme humain, accepter que peut l'être une chose qui n'est ni de chair, ni de sang.
Stelarc travaille son corps avec du métal, se branche sur des circuits et fait d'internet une force qui l'agit, mais il reste maître de ses décisions et de ces transformations, comme l'indique le champ lexical de termes impliquant la faculté de pensée : « mes projets et performances », « concept », « il explore ». Il précise qu'il n'est pas, justement, ce que craignent ceux qui ont peur des cyborgs, un « homme machine », mais justement qu'il reste en lui une « part d'involontaire » qui fait précisément de lui un homme.

Retrouvez nos ouvrages

Commandez-les sur le site
▸ **librairie.studyrama.com**

Studyrama

Composition : **Stéphane Mac Donald**
Édition : **Myriam Pasek**
Imprimé en France en décembre 2020
par l'imprimerie Sepec – 10803201220
ISBN : 978 2 7590 4478 8

Certifié PEFC
Ce produit est issu de forêts gérées durablement et de sources contrôlées.
PEFC 10-31-1470
pefc-france.org